Gerhard Roos

# Dorfkristallnacht

Neuauflage

roos-gerhard-autor.de

Alle Handlungen und Personen sind frei ersonnen.
Ähnlichkeiten mit Lebenden oder Verstorbenen sind
zufällig und ungewollt.

**Impressum**

© 2021 Gerhard Roos
Herstellung und Verlag:
BoD – Books on Demand, Norderstedt

ISBN: 978-3-7557-3720-9

# Inhalt

Zweite überarbeitete Auflage mit einem anderen Verlag als die erste.

Der ursprüngliche Verlag ist für immer geschlossen.

Der Verleger Dietmar Fölbach ist leider unverhofft verstorben; ich bin ihm in ehrendem Gedenken zu Dank verpflichtet und widme ihm diese Neuauflage.

## Schneetreiben

Dieser Nikolaustag 1997 war schon sehr extrem. Seit kurz vor Mittag schneite es ununterbrochen. In wenigen Stunden hatte sich eine dicke Schneedecke gebildet, und da es zuerst nicht sehr kalt gewesen war, waren die Flocken nass und schwer gefallen, jetzt aber schon recht pulverig. Friedhelm Diehl konnte trotz der starken Scheinwerfer seines LKW im dichten Schneetreiben nicht sehr weit voraus schauen. Es reichte jedoch aus, um mit seinem vorgebauten Räumschild korrekt den Rand der Bäderstraße einzuhalten, deren zweite Fahrspur er nun, auf dem Rückweg von der Landesgrenze in sein Dorf, noch einmal frei räumen wollte, bevor der Feierabendverkehr die Straße zum letzten Mal an diesem Freitag stark belasten würde. Nur einige am Fahrbahnrand liegengebliebene Fahrzeuge musste er vorsichtig umfahren.

Ob später nochmals geräumt werden müsste, hatte schließlich die Straßenmeisterei zu entscheiden, er aber würde dann nicht mehr fahren müssen. Seinen Stammfahrer für diesen Wagen hatte er zum Nachtdienst eingeteilt. An normalen Tagen hatte er selbst nichts mit der Fahrerei zu tun. Sein Betrieb beschäftigte jedoch einschließlich der Springer nicht Fahrer genug, um an Schneetagen ohne seinen Einsatz – und den seines Sohnes Rolf auf dem

Unimog – die Straßen frei zu halten, für die er mit seiner Spedition vertraglich zuständig war.

Trotz der notwendigen Konzentration auf Straße und Schneetreiben beschäftigte er sich intensiv mit einer Mitteilung seiner Frau Irmgard vom Vorabend, deren mögliche Tragweite er noch gar nicht abzuschätzen wusste. Nach dem frühen Tod seines Vaters, der bereits 1980 im Alter von knapp 64 Jahren an den Spätfolgen einer Kriegsverletzung gestorben war, hatte er mit seiner Mutter Alma zusammen die Geschäftsführung der „Spedition Diehl vormals Morgenthal GmbH" übernommen und war nach zwei Jahren Hauptgesellschafter geworden, da ihn die gute Auftragslage für die Fernlastzüge in die Lage versetzt hatte, seiner Zwillingsschwester und seinem erheblich jüngeren Bruder zufriedenstellende Erbanteilzahlungen zu leisten. Diese vorgezogene Lösung hatten sich seine Eltern immer schon gewünscht.

Mit seinen Geschwistern und deren Familien hatte seine Familie ein sehr enges und vertrauensvolles Verhältnis, gar nicht so selbstverständlich, wo das Kapital eines Gewerbebetriebes aufzuteilen war. Der jüngere Bruder Albert hatte sich nach seinem Fachhochschulstudium als Bausachverständiger in Koblenz selbstständig gemacht, war bei Gebäudeversicherern wie auch Bauherren bekannt

6

und beliebt und hatte sogar so intensiv an der Erziehung seiner zwei Töchter mitwirken können, dass seine Frau Hermine ihrem Lehrerberuf recht früh wieder vollzeitlich nachgehen konnte.

Seine Zwillingsschwester Helene, die ihm immer besonders nahe stand, hatte sich bereits mit neunzehn Jahren – noch in ihrer Ausbildungszeit in der Sparkasse – ihrem Herbert „an den Hals geworfen", wie Vater Otto Diehl gerne scherzte. Herbert war damals gerade mit seiner Lehre zum KFZ-Mechaniker fertig und bei seinem Vater in dessen Landmaschinenhandel eingestiegen. Inzwischen war er längst Inhaber des väterlichen Betriebes und geschätzter Partner der Bauern in den umliegenden Dörfern. Helene und Herbert hatten drei Söhne, der zweite arbeitete bereits als Meister und Mitinhaber im Familienbetrieb und war entschlossen, diesen mit seiner Frau auch weiterhin zu betreiben.

In die seit dem Tod seines Vaters ruhig vor sich hin plätschernden Familienabläufe war nun die ärztliche Diagnose aus dem Krankenhaus Marienhospital in Koblenz wie ein Blitz eingeschlagen. Seine Mutter war vom Hausarzt dorthin eingewiesen worden, weil er bestimmte Schmerzzustände nicht hatte zuordnen können. Und nun das: Alma Diehl hatte Krebs, und den in einem wohl schon fortgeschrittenen Stadium. Obwohl sie bereits fast achtzig Jahre zählte, war das angesichts ihrer bisherigen Robustheit ein völlig unerwarteter Schlag.

Friedhelms Blick war fest auf die Straße im Schneetreiben gerichtet. Der wunderbar verschneite vorweihnachtliche Wald zu beiden Seiten der Straße war sowieso kaum zu erkennen, ihm fehlte heute aber auch jeder Sinn für den Zauber dieses Nachmittags. Schon bevor er das Ende des Waldes erreicht hatte, bemerkte er in den Rückspiegeln, dass sich hinter seinem Räumfahrzeug bereits eine recht lange Fahrzeugschlange von Berufsheimkehrern gebildet hatte. Der außerhalb des Waldes recht starke Wind hatte die Fahrbahn bis auf einige niedrige Schneewehen ziemlich blank gehalten, so setzte er den Blinker und fuhr auf den gegenüber liegenden großen Parkplatz des Schaltgerätewerkes, um die Schlange vorbei zu lassen, einen Augenblick zu verschnaufen, einen Becher Kaffee aus der Thermoskanne zu trinken und das letzte der belegten Brote zu verzehren, die ihm Irmgard in der Frühe vorbereitet und eingepackt hatte.

Er gestand sich ein, dass er seit der Kenntnis der Erkrankung seiner Mutter, vor allem der Schwere, stark um ihr Leben zu fürchten begonnen hatte. Seine Mutter war fast sein ganzes Leben lang eine der wichtigsten Personen seines Daseins geblieben. Seine bisweilen überraschenden Aktionen im

Kindesalter hatte sie mit großer Langmut ertragen. Als er in der Realschule im nahen Nastätten erhebliche Probleme bekam, da er gegen einige Lehrer aufbegehrte, hatte sie gemeinsam mit seinem Vater immer zu ihm gestanden. Der Abschluss war dann doch so gut gelungen, dass er in Wiesbaden eine ordentliche Ausbildung als Speditionskaufmann bei einem Kooperationspartner des elterlichen Betriebes machen und direkt danach zu Hause zu arbeiten anfangen konnte. Und auch nach dem Tod seines Vaters hatte ihre Zusammenarbeit stets fast reibungslos geklappt.

Gar nicht selbstverständlich erschien ihm, dass sich seine Mutter so bereitwillig auf seine Irmgard eingestellt hatte. Sie waren beide selbstbewusste Frauen und durchaus nicht immer gleicher Auffassung, aber beide waren stark genug, Kompromisse zu schließen und sogar einen gemeinsamen Haushalt zu führen. Das hatte ihn stets glücklich gemacht. Und die Tatsache, dass ihre drei Kinder die Oma stets respektiert und mit großer Zuneigung behandelt hatten, war ein ganz besonderes Geschenk. Er war bereits 24 Jahre alt gewesen und ziemlich unerfahren im Umgang mit dem anderen Geschlecht, da war ihm die neunzehnjährige Irmgard eines Tages am Güterbahnhof in Lahnstein an den Lastwagen gekommen und hatte ihn gefragt, ob er sie mit nach Hause nehmen könne, er fahre ja immer an ihrem Elternhaus vorbei. Auf dem Weg hinauf in den Taunus hatten sie sich allerlei zu erzählen. Dann fragte er sie an ihrem Elternhaus in einem kleinen Anfall von Wagemut, ob er sie wohl zum Wochenende ins Kino nach Koblenz einladen dürfe. „Sicher. Gerne sogar. Ich freue mich darauf." Nach einigen Treffen waren sie sich so nahe gekommen, dass es kein Zurück mehr gab. Warum auch, sie verstanden sich hervorragend. Und das bis heute.

Nun war es Zeit, die letzten Kilometer der beiden sich kreuzenden Bundesstraßen noch bestmöglich zu räumen und dann auf den Betriebshof zurückzukehren. Als er dort die Maschine abstellte, läutete gerade das Achtzehnuhrglöckchen vom nahen Kirchturm. Mit gewohnter Pünktlichkeit bog der kleine Suzuki-Geländewagen seines Fahrers Heiner Schmidt auf den Platz, so konnte dieser den Container auf der Pritsche wieder mit Streusalz beladen und sich wie auch den vereisten LKW für den nächsten Abruf durch die Straßenmeisterei vorbereiten.

## Nachkriegsjahre 1

Als der Erste Weltkrieg unter seltsamen Umständen zu Ende ging, der Kaiser abdankte und Zug um Zug die Weimarer Republik entstand, fand sich Johanna Meyer mit ihren sechs Kindern allen Alltagsdingen alleine gegenüber. Jakob Meyer war verspätet eingezogen worden und hatte zwei Heimaturlaube genehmigt bekommen, während denen die beiden jüngsten Kinder gezeugt worden waren. Nun war Johanna seit einigen Monaten ohne Nachricht über seinen Verbleib. Er hatte, wie mehrere Nebenerwerbsbauern seines kleinen Taunusdorfes, als Knecht gearbeitet. Der kleine eigene Viehbestand, drei Milchkühe, meistens zwei Mastschweine und immerhin zwanzig Hühner und ein Hahn, hatten zusammen mit seinem Lohn für ein auskömmliches Leben seiner großen Familie gesorgt. Nun aber war guter Rat teuer. Außer den Erzeugnissen aus Kleinlandwirtschaft und Garten stand Johanna und ihren sechs Kindern nichts zur Verfügung. Und da die kleine Alma erst wenige Wochen alt war, hatte sie auch so viel Arbeit, dass an eine eigene Anstellung als Magd nicht zu denken war. Ihre alten Eltern aus dem Nachbardorf, die in ihrem kleinen Häuschen selbst ihren Lebensunterhalt kaum bewältigen konnten, kamen ab und an herüber gewandert, um ihr zu helfen. So hatte ihr Vater die

Mäharbeit für das dringend benötigte Heu und auch den zweiten Schnitt übernommen. Ihre Mutter entlastete sie eher bei den beiden Kleinen, damit sie die notwendige Hof- und Gartenarbeit mit den Großen einigermaßen schaffen konnte.

Johannas Hoffnung war, dass Jakob, der an der Westfront eingesetzt worden war, in französischer Gefangenschaft gelandet sei. Irgendwann musste die ja schließlich einmal zu Ende sein. Kurz nach Weihnachten 1918 bekam sie dann auch über einen bereits entlassenen Gefangenen aus dem nahen Katzenelnbogen die Nachricht, dass Jakob tatsächlich in einem Gefangenenlager in Lothringen sei. Die letzten deutschen Kriegsgefangenen kehrten nach Ratifizierung des Versailler Vertrags im Januar 1920 aus alliierten Lagern in die Heimat zurück. Jakob gehörte zu diesen letzten.

Alma war in der Zwischenzeit ein kleiner schwarzhaariger Feger geworden, wie der ein gutes Jahr ältere Rudi ziemlich verwöhnt von der Oma und den vier großen Geschwistern, die ja schon alle längst Schulkinder waren. Heinrich, der Älteste, sogar schon Lehrling in der Dorfschmiede. Jakob kannte den kleinen Rudi nur als ständig schlafenden Säugling, und Alma hatte er noch nie gesehen, er wusste noch nicht einmal, dass es sie gab. Die ersten Tage waren sowohl für Johanna und ihn als auch die größeren Kinder nicht ganz einfach, die beiden Kleinen aber fanden sehr schnell zu ihrem Vater und erleichterten ihm die Rückkehr in sein altes Leben erheblich.

Bereits nach einer guten Woche sprach ihn sein früherer Arbeitgeber Konrad Schneider an, ob er nicht wieder bei ihm anfangen könne, sein ältester Sohn, der den Hof habe übernehmen sollen und wollen, sei gefallen. Der Jüngste, der nun in den Betrieb eingestiegen sei, benötige dringend die Hilfe eines erfahrenen Landmannes, und er selbst sei der Gesündeste nicht mehr.

So war bis zum zweiten Geburtstag Almas die größte wirtschaftliche Not gebannt, und die Eheleute Meyer schauten wieder zuversichtlich in die Zukunft. Alma erlernte in Windeseile alle kindlichen Tricks, sowohl ihre Geschwister als auch die Erwachsenen charmant um den Finger zu wickeln. Während Rudi sich gerne verhätscheln ließ und bei jeder Kleinigkeit erst einmal sicherheitshalber herzzerreißend zu weinen anfing, war seine kleine Schwester auch noch ziemlich hart im Nehmen. Als sie einmal im hauseigenen Garten beim Spielen in eine Brennnesselecke purzelte, rappelte sie sich sofort wieder auf die Beine, betrachtete ihre sich schnell mit Pusteln überziehende Haut an Ärmchen und Beinchen und knurrte: „Weh tut." Dann spielte sie weiter, als sei nichts geschehen. Ihre Oma musste sie zu sich rufen, um die brennende Haut mit Backpulver zu kühlen, einem bewährten Hausmittel.

Alma war ein fröhliches Kind und sich der Wirkung ihrer kleinen Persönlichkeit auf Erwachsene außerordentlich sicher. Wie alle ihre Geschwister lernte sie von klein auf, in Haus und Garten mit anzupacken. Wenn die Großen ihre Hausaufgaben für die Schule zu erledigen hatten, wurden die beiden Kleinen bei schlechtem Wetter mit je einer zerbrochenen Schultafel und einigen kurz gewordenen Schiefergriffeln dazu gesetzt und aufgefordert, zu zeichnen. Während Rudi brav kleine Strichmännchen entstehen ließ, die in erstaunlich aussagekräftigen Bewegungen dargestellt wurden, kopierte Alma besonnen und zielsicher die Buchstaben von der Tafel ihrer siebenjährigen Schwester Marie. Diese las gerne laut vor, was sie aufgeschrieben hatte. Schnell erfasste Alma die Bedeutung der abgeschriebenen Worte und las nach einiger Zeit täglich ihrer verdutzten Mutter vor, was sie – zuerst recht ungelenk – auf ihre Schieferscherbe abgeschrieben hatte. Mit vier Jahren schrieb und las sie bereits so sicher wie ein Zweitklässler. Sie betrachtete das als ein wunderbares Spiel. Irgendwann wurde ihr das Schreiben und Lesen wohl ziemlich langweilig, jedenfalls entdeckte sie den

Umgang mit Zahlen als ein neues faszinierendes Spiel. Wenn sie ihrer Mutter in der Küche half, was ihr viel Freude bereitete, zählte sie Gemüsefrüchte, Obst und Getreidekörner mit großer Hingabe. Sie fragte immer wieder: „Und welche Zahl kommt jetzt?" Johanna beantwortete ihr diese Frage dann immer geduldig und stellte nach einigen Wochen fest, dass ihre Jüngste schon vor der Einschulung, die bald erfolgen sollte, den Zahlenraum bis Tausend zählend begriffen hatte. Die großen Geschwister, auch der zaghafte Rudi, hatten Theo Seibert, dem Zwergschullehrer des Dorfes, immer große Freude gemacht. Alle fünf waren sie wissbegierig und aufmerksam, und die drei ältesten hatte er mit guten Zeugnissen in ihre Berufsausbildungen entlassen können. Heinrich hatte seine Schmiedelehre so gut abgeschlossen, dass ihn sein Meister gerne als Geselle im Betrieb behielt. Pauline fuhr täglich mit der Nassauischen Kleinbahn hinunter nach Katzenelnbogen und lernte in der dortigen Schneiderei. Hermann hatte eine Lehre in der örtlichen Mühle begonnen, die er täglich zu Fuß aufsuchen musste, lag sie doch außerhalb in einem der tief eingeschnittenen Bachtäler. Marie war eine so gute Schülerin geworden, dass sie nach dem vierten Schuljahr per Kleinbahn zur Mittelschule in Katzenelnbogen fahren konnte.

Alma nun stellte diesen Lehrer Seibert vor ganz neue Herausforderungen. Er musste den anderen Erstklässlern Fertigkeiten beibringen, die dieses Kind längst beherrschte. Bereits der erste Schultag zeigte ihm, mit wem er es zu tun hatte. Wie alljährlich hatte er einige Zeit damit verbracht, den kleinen Schulanfängern praktische Hinweise für das Schülerdasein zu geben. Dabei fiel ihm auf, dass Klein-Alma aus dem Fenster schaute und sichtlich eine Amsel beobachtete, die im nahen Baumwipfel umher turnte. Ob sie ihm wohl zugehört hatte? „So, und Alma sagt uns jetzt noch einmal, was alles jeden Tag im Schulranzen sein muss." Prompt kam von ihr eine korrekte Aufzählung dessen, was er zuvor angeordnet hatte. Und dann der Satz: „Sie glauben wohl, Herr Lehrer, ich hätte nicht aufgepasst!" Oh je, das konnte heiter werden.

## Familienerinnerungen

Der folgende 7. Dezember versöhnte mit dem vorangegangenen Schneetag. Durch einen zarten Dunstschleier mühte sich die Wintersonne, dem kalten Tag ein freundliches Gesicht zu geben. Die Oberfläche des Schnees spiegelte ihre zaghaften Strahlen mit abertausenden schimmernden Pünktchen. Je höher die Sonne über dem Horizont stand, desto intensiver glitzerte diese verzauberte weiße Fläche. Helene hatte sich mit Albert und Hermine verabredet und holte die Beiden zu Hause mit ihrem Wagen ab. Gemeinsam besuchten sie dann Oma Alma an ihrem Krankenbett in der Klinik. Trotz der erschreckenden Diagnose machte sie einen recht entspannten und fröhlichen Eindruck. Die besorgte Frage ihrer Tochter, wie es ihr denn nun so gehe, beantwortete sie zuerst mit einem Lächeln. „Ach, Kind, soll ich mich jetzt hier hinlegen und verzweifeln? Bis zu meinem Achtzigsten fehlt nicht mehr viel. Da gibt es doch wirklich nur zu danken und nicht zu jammern, dass jetzt langsam die letzte Reise auf mich zu kommt."

„Mutter, noch bist du da, und noch kannst du Einiges gegen deine Krankheit tun. Was haben dir denn die Ärzte vorgeschlagen?" „Viel ist das nicht. Weil ich erst vor Kurzem diese Bauchschmerzen bekommen habe, konnten sich die Metastasen unbemerkt im

Körper verbreiten. Bestrahlungen hätten da gar keinen Sinn. Probieren wollen sie es mit einer bestimmten Chemotherapie, die sogar schon in Gang gesetzt ist. Der Tropf, den ihr da seht, ist die erste Gabe. Wenn ich die einigermaßen vertrage, bekomme ich am zwanzigsten Dezember eine zweite und werde am zweiundzwanzigsten entlassen. Dann muss ich sehen, wie ich in unserer Wohnung zu Recht komme. Irmgard ist ja da. Susanne und Karola werden mich auch nicht hängen lassen. Anfang Januar muss ich dann noch einmal für ein paar Tage hier her, und von da an wollen sie mir die Medikamentengaben alle sechs Wochen zuführen, mit jeweils drei bis vier Tagen Aufenthalt. Natürlich alles nur so, wenn ich das Zeug irgendwie verkraften kann."

Albert versuchte ihr Mut für diese geplante Therapie zu machen, merkte aber bald, dass seine Mutter recht zuversichtlich an die Sache heranging. Er kannte sie gut genug um zu wissen, dass er es besser ihr überlassen sollte, sich auf ihre Erkrankung einzustellen. Sie hatte das wohl in den letzten Stunden schon ganz gut geschafft. Als sich die Geschwister und Hermine von Alma verabschiedeten, waren sie doch erheblich erleichtert, dass diese ihre Erkrankung so angenommen hatte und auch den Mut aufbrachte, sich mit einer

Therapie dagegen zu stemmen. Wenn auch die Aussichten nicht gerade rosig schienen. Helene fuhr auf dem Weg nach Hause den gut geräumten Umweg bei der Familie ihres Zwillingsbruders vorbei und erstattete sorgfältig Bericht.

Alma hatte nun für den Rest des Tages viel Zeit, ihren Erinnerungen nachzuhängen. Besonders die Lebensumstände ihrer Enkel und Urenkel waren im Großen und Ganzen dazu angetan, dafür froh und dankbar zu sein. Wenn auch manche von ihnen einen vorübergehenden Anlass zur Sorge gegeben hatten, es war immer nur auf Zeit und altersentsprechend. So wie der Älteste, Berthold Frick, der erste Sohn von Helene und Herbert.

Helene hatte als Siebzehnjährige ihren Herbert auf dem Schulhof der Lahnsteiner Berufsschule kennen gelernt. Während ihrer Ausbildung in der Stadtverwaltung Nastätten zur Fachangestellten für Verwaltung sah sie ihn zwei Jahre lang einmal wöchentlich und sorgte geschickt dafür, dass er sie ständig wahrnahm. Der Oktobermarkt 1958 bot ihr dann die Gelegenheit, im Festzelt unauffällig neben ihm einen Platz zu ergattern. Nach langen Gesprächen und zahlreichen Tänzen war es dann auch um Herbert geschehen. Von da an waren die Beiden unzertrennlich. Bereits im Mai 1959 wurde geheiratet, denn Berthold sollte im Januar 1960 zur Welt kommen. Kam er auch.

Anders als seine jüngeren Brüder war er von Anfang an ein ziemlich stilles Kind. Er hatte recht früh an allem große Freude, was mit Klängen zu tun hatte, konnte schon mit vier Jahren tonrein nachsingen, was ihm Mutter Helene und ihre musikbegeisterte Schwiegermutter vorsangen. Diese Oma Frick, die im kleinen Nebenhaus der Landmaschinenfirma schon seit einigen Jahren alleine lebte, sorgte dann auch frühzeitig dafür, dass der Junge im Posaunenchor der Kirchengemeinde aufgenommen wurde und vom Leiter, dem Dorflehrer Schlaadt, ordentlichen Einzelunterricht bekam. Ab dem ersten Schuljahr, das war einzigartig im Ort. Berthold lernte mit fleißigem Üben alle im Chor gespielten Blechblasinstrumente so schnell, dass Schlaadt ihm schon nach zwei Jahren nichts mehr beibringen konnte.

Durch seinen Landmaschinenhandel kannte Herbert Frick viele Leute im ganzen „Blauen Ländchen". Dadurch fand er sofort einen Musiklehrer in St. Goarshausen, der seinem Ältesten weiterhin Unterricht auf dessen Lieblingsinstrument, der Tenorposaune, erteilen konnte. Zwei Mal pro Woche brachte ihn Helene dann also zum Unterricht in das Kreisstädtchen am Rhein und erledigte bei dieser

Gelegenheit Einkäufe und alles, was der Betrieb in der Kreisverwaltung zu tun hatte. Als Berthold dann ins Gymnasium wechselte, blieb er einfach länger am Rhein, um den Unterricht zu erhalten. Bereits mit zwölf Jahren gründete er mit einigen Mitschülern die erste Schulband des Gymnasiums, nachdem er ausreichend gute Musikanten – einen Schlagzeuger, einen Gitarristen und einen Saxophonisten, der auch Klarinette spielte – hatte finden können. Sein Posaunenlehrer Kratz hatte ihm inzwischen auch das Spiel der Altposaune mit dem Lesen der Altschlüsselnoten beigebracht. Mit den beiden Instrumenten, die er zum Abitur schon meisterlich beherrschte, und dem immerhin noch vorhandenen Können des Ventilinstrumentenspiels bewarb er sich bei der Musikhochschule Köln und wurde sofort angenommen. Während er sein Studium mit Eifer und Können betrieb, geriet er in dieser Zeit jedoch in ungute Gesellschaft, vernachlässigte sich und bereitete seinen Eltern einigen Kummer. Kurz vor seinem Abschlussexamen engagierte ihn sein Vater zusammen mit einigen Mitstudenten zum fünfzigjährigen Firmenjubiläum für einen Jazzabend, der im Mai 1983 in der großen neuen Ausstellungshalle stattfand, die pünktlich zu diesem Fest fertig gestellt worden war. Als Bedienung für die Besucher hatte Helene einige Mädchen und junge Frauen des Dorfes gewonnen. Eine davon war die zwanzigjährige Marlies Gerner, die Tochter des Bürgermeisters, Kindergärtnerin in Nastätten. Als die drei Söhne am nächsten Tag gegen Mittag ziemlich unausgeschlafen aus ihren Zimmern kamen, vom Ruf der Mutter Helene zum Frühstück geweckt, war Berthold nicht alleine. Marlies kam ohne jede Verlegenheit Hand in Hand mit ihm die Treppe herunter. Und von diesem Wochenende an bekam Berthold sein Dasein wieder in den Griff und legte sofort ein sehr gutes Examen ab. Seinen verspäteten Wehrdienst leistete er im Heeresmusikorchester der Bundeswehr in Koblenz und wurde anschließend im Frankfurter Rundfunkorchester fest angestellt. Marlies fand eine Anstellung in einem Kindergarten im Frankfurter Westend, im Februar 1985 wurde geheiratet und zum 01. März eine schlichte aber hübsche Wohnung im Stadtteil Ginnheim bezogen. Am Heiligen Abend 1985 kam ihr einziges Kind zur Welt. Wegen seines Geburtstages nannten sie den Buben Christian.

## Schulzeit und Arbeitsbeginn

Theo Seibert wusste bei seiner kleinen Schülerin Alma Meyer nun ganz genau, was auf ihn wartete. Sein Konzept zur Lösung dieses Luxusproblems war ebenso einfach wie wirksam. Alma durfte, musste aber auch nach jeder Unterrichtsstunde oder größeren Einheit den ganzen neuen Stoff kurz an der Tafel wiederholen. Damit hielt er sie aufmerksam und verschaffte den Mitschülern eine einfache Kurzaufarbeitung in ihrer Redeweise, die das Einprägen erheblich erleichterte. Der Nutzen für Alma war, dass sie so eine große Behändigkeit im Umgang mit Hochdeutsch gewinnen konnte. Ihre eigentliche Muttersprache war ja die nassauische Mundart, die zu jener Zeit in den Taunusdörfern uneingeschränkt als Umgangssprache genutzt wurde.

Nach dem vierten Schuljahr hätte Seibert dieses pfiffige Kind gerne im Gymnasium gesehen, aber die schwierigen Verkehrswege zwangen die Eltern, auch sie wie ihre Geschwister Marie und Rudi in die Mittelschule zu schicken. Da ihr Vater bereits 1932 im Herbst nach kurzer Krankheit verstarb, erwies sich das als ganz gut, denn nun musste Johanna ab Ostern 1933 als Magd alleine für ihren Familienunterhalt aufkommen. Abitur wäre finanziell keineswegs möglich gewesen.

Die Situation in den Dörfern auf dem „Einrich“, dem Gebiet um Katzenelnbogen herum, wie auch im „Blauen Ländchen“, dem Gebiet um Nastätten herum, war von der Machtergreifung durch die „Nationalsozialistische Deutsche Arbeiterpartei“ vorerst noch fast unbeeinflusst. Zahlreiche Bauern waren dem „Führer“ gegenüber misstrauisch. Sie hatten sich kaum auf die unsichere Situation der „Weimarer Republik“ eingestellt, da sollte schon wieder alles anders laufen? Besser nicht. Die Tagelöhner und Arbeiter aus diesen Gebieten waren vorwiegend ohne politisches Interesse. So blieb es eine fanatische Minderheit, die sich zum Nationalsozialismus hingezogen fühlte. Auch die Lebensumstände der dort recht gut integrierten jüdischen Kaufleute und ihrer Familien blieben einstweilen so wie bisher. Insofern war die Frage nicht besonders verwunderlich, die Johannas Tante Martha ihr und Alma kurz vor Ende des zehnten Schuljahres stellte: „Wie wäre das, wenn Alma zwei Orte weiter als meine Nachfolgerin Hausmagd und Schabbes-Goije bei der Familie des jüdischen Händlers für Landprodukte und Fuhrunternehmers Morgenthal werden würde. Dafür benötigt man Grips und Schaffenskraft, beides hat sie ja vorzuweisen. Und für mich wird es Zeit, mich zur Ruhe zu setzen und nur noch meinen eigenen Haushalt zu versorgen.

Mein Hannes ist ja schon daheim. Unser Garten, unser Vieh und seine Rente reichen für uns."

Alma hatte keine richtige Vorstellung, was das für sie bedeuten könne. Also musste ihre Großtante ihr und auch ihrer Mutter genau berichten, wie diese Aufgabe aussah. Bei Morgenthals gab es neben den vier Kutschern und den beiden Lagerarbeitern, die alle keine Juden waren, aber nur montags bis freitags arbeiten mussten, einen Pferdeknecht und eine Hausmagd, die jedenfalls keine Juden sein konnten, weil sie samstags, also am jüdischen Sabbat oder Schabbes, ohne unter dem Arbeitsverbot zu stehen, lebensnotwendige Tätigkeiten für die Tiere und zuweilen auch jene Menschen zu erledigen hatten, die sich nicht selbst versorgen konnten. Würde ein Jude bettlägerig – selbst wenn es sich nicht um eine lebensbedrohliche Krankheit handelte – wäre es erlaubt, den Nichtjuden zu bitten, jede am Sabbat den Juden verbotene Tätigkeit für die kranke Person auszuführen. Um durch Kälte die Krankheit nicht zu verschlimmern, wäre es an kalten Tagen auch erlaubt, einen Nichtjuden zu bitten, z.B. eine Heizung anzuzünden oder mehr Holz in den Ofen zu legen. (Deshalb hatten Juden im Vorkriegseuropa einen „Schabbes-Goi" oder eine „Schabbes Goje", oder auch beides. Das waren Nichtjuden, die alle unselbstständigen Tiere versorgten und in den kalten

Wintermonaten am Sabbatmorgen in jüdische Häuser kamen, um Holz und Kohle nachzulegen und so die Häuser warm zu halten. Weil dadurch Krankheiten vermieden wurden, war diese Arbeit erlaubt. „Goi, Goje und Goijim" bedeuten im Hebräischen „ungläubiger Mann, ungläubige Frau und Ungläubige". „Schabbes" ist ein Begriff der jiddischen Mischsprache und heißt „Sabbat", das ist unser Samstag.)

Alma fand diese Aufgabe reizvoll, zumal ihr Martha versichern konnte, Adel und Ruth Morgenthal seien eine gute Herrschaft und ihre einzige Tochter Esther ein sehr freundliches Mädchen, das zwar in Wiesbaden ausgebildet werde, aber oft zu Hause sei. Also machte sie sich am nächsten Tag zu Fuß auf den Weg durch die waldreichen Täler, um sich vorzustellen. Martha hatte sie angekündigt. Nach eingehendem Gespräch mit dem Ehepaar Morgenthal war man sich einig. Alma bekam die Zusage, ab 1. Mai dort zu arbeiten. Der versprochene Lohn war gar nicht so gering, obwohl sie eine hübsche große Dachstube mit Außentreppe zur Wohnung gestellt bekam und sogar ab und an einmal einen freien Sonntag bekommen sollte.

Der alte Pferdeknecht Emil Schneider aus dem Dorf erwies sich als geduldiger Lehrmeister, der seiner neuen Kollegin alle Besonderheiten jüdischen

Lebens erklärte und dafür sorgte, dass sie aufgrund ihrer schnellen Auffassungsgabe ganz bald für Ruth Morgenthal ein unverzichtbarer Bestandteil des Haushaltes wurde. Was deren Tochter Esther anbetraf, hatte die alte Hertha eine richtige Beschreibung abgegeben. Die Herzlichkeit dieses Mädchens, das gut zwei Jahre älter als Alma war, brachte die beiden recht bald einander nah. Esther erkannte schnell das Format dieser jungen Magd. So entstand im Laufe des ersten Jahres eine richtige Freundschaft zwischen den beiden Mädchen, was das Ehepaar Morgenthal nicht ungern wahrnahm, hatte doch Esther bisher zu Hause so keinen rechten Anschluss mehr, denn ganz langsam begannen sich die Gleichaltrigen von der jüdischen Minderheit im Dorf abzugrenzen.

Außer der Familie Morgenthal, die als bekannt anständige Geschäftsleute noch viel Achtung in der Bevölkerung auch der Nachbardörfer hatte, waren bis Ende 1935 alle jüdischen Bürger aus dem Dorf abgewandert. Das hatte vor allem mit der Situation im Amtsflecken Nastätten zu tun. Immerhin fand sich aber noch zum Jahresbeginn 1937 für den alten Emil, der seiner Gesundheit wegen in Rente gehen musste, mit dem zweiten Sohn Otto des Müllers Diehl aus einer der Mühlen im Jammertal ein tüchtiger junger Pferdepfleger und Schabbes-Goi.

In Zeiten der Weimarer Republik war die Integration der jüdischen Einwohner Nastättens in die kleinstädtische Gesellschaft sehr gut. Der jüdische Kaufmann Julius Leopold wurde sogar zum Stadtverordnetenvorsteher gewählt. Für einige Zeit bewahrte das hohe Ansehen der Juden im „Blauen Ländchen" diese vor persönlichen Angriffen der NSDAP, was aber zum gefährlichen Nebeneffekt hatte, dass sie sich lange in Sicherheit wähnten, manche Familien zu lange. Bereits 1930 waren jedoch die Nationalsozialisten in Nastätten zur führenden politischen Kraft aufgestiegen. Das war die erste preußische Stadt, die Hitler zum Ehrenbürger machte. Die NS-Machtübernahme sowie der wenig später ausgerufene Boykott änderte Vieles im Leben der Nastätter Juden. Der „Handwerker- und Gewerbeverein", der sich dem reichsweiten „Kampfbund für den gewerblichen Mittelstand" angeschlossen hatte, rief die Bevölkerung im Mai 1933 mehrfach zu Aktionen gegen die Juden auf. Der Druck durch die wirtschaftliche Ausgrenzung verstärkte sich bis 1935 derart, dass ganze jüdische Familien emigrierten. Seit 1937 gab es heftige Angriffe auf jüdisches Eigentum wie die Synagoge, 1938 gab es nur noch zwei jüdische Geschäfte in der Stadt.

Am 4., 5. und 6. Februar 1938 wurde die Hochzeit Esthers mit David Bernstein, mit dem sie sich im Vorjahr verlobt hatte, nach jüdischer Sitte gefeiert. Bürgermeister Debusmann, ein Bauer, der immer mit Morgenthals ein sehr gutes Verhältnis hatte, war als Standesbeamter bereit, freitags unauffällig im Haus der Morgenthals die Trauung vorzunehmen, Alma und Otto waren Trauzeugen. Die kleine Dorfsynagoge war noch unversehrt, ein Rabbiner kam am Sabbat aus Bad Ems gefahren. Und sonntags waren ganz wenige Gäste versammelt, für die Ruth mit Almas Unterstützung ein bescheidenes Festmahl bereitet hatte. Otto hatte inzwischen die Fahrerlaubnis erworben und brachte am Abend mit Morgenthals Mercedes Davids Eltern wieder nach Wiesbaden zurück.

David hatte der Anfeindung wegen seine Anstellung in einer Wiesbadener Bank verloren und sollte nun seinen Schwiegereltern im Betrieb zur Hand gehen. Da Adel Morgenthal oft müde war und sichtlich gesundheitliche Probleme hatte, vielleicht quälte ihn auch die Ungewissheit der Zukunft, war das gar keine schlechte Lösung, zumal die Geschäftspartner aus den Dörfern noch immer wenig Vorbehalte zeigten. Esther hatte ihre Arbeit als Buchhändlerin in einem großen Buchladen in der Wiesbadener Innenstadt ebenfalls verloren, weil die jüdischen

Eigentümer boykottiert wurden und nach der Schweiz ausgewandert waren. So wollte auch sie im Betrieb mitarbeiten, der immer noch gute Aufträge hatte, wenn nun auch die Pferdegespanne nach und nach verkauft worden waren. Adel hatte sie durch motorisierte Fahrzeuge ersetzt.

## Ostfrieslandzweig

Die beiden jüngeren Söhne Helenes waren weniger musisch als eher praktisch veranlagt. Joachim war der geborene Schrauber. Schon als kleines Bürschlein verbrachte er viel Zeit in der großen Werkstatt. Sein Vater und der Geselle hatten ihm schnell beigebracht, was er ungefährdet anpacken und welche Bereiche er nicht betreten durfte. Anders als das bei Kindern normal gewesen wäre, begriff er auch die Gefahren sofort. Sein technisches Verständnis half ihm dabei. Ihm genügte vollauf der etwas widerwillig erledigte Besuch der Realschule, um eine Lehre bei einem Kollegen seines Vaters im hessischen Laufenselden anfangen zu können. Nach seiner Gesellenprüfung kam der Bund und dann der Einstieg in den eigenen Betrieb, wo die Beiden in der Werkstatt froh waren, eine weitere Arbeitskraft verfügbar zu haben. Ohnehin verbrachte sein Vater immer mehr Zeit im Büro. Sofort begann Joachim auch mit der Meisterschule. Ab Januar 1986 war er Meister.

Die Firma Frick war Vertragshändler für zwei gut eingeführte Hersteller von Landmaschinen. Um eine neue Generation von Traktoren, die erheblich mehr Elektronik als die bisherigen enthielten, ausführlich kennen zu lernen, fuhr Joachim im April zu einem dreiwöchigen Seminar ins badische Bruchsal. Die

Herstellerfirma hatte den acht Lehrgangsteilnehmern je ein Zimmer in einer hübschen Pension nahe der Werkszentrale organisiert. Für den Abend vor dem ersten Seminartag hatte die Seminarleitung einen netten Kennenlernabend im Frühstücksraum der Pension geplant. Joachim kam zufällig neben die einzige weibliche Teilnehmerin zu sitzen. Diese war eine norddeutsche Landmaschinenverkäuferin in etwa seinem Alter, bildhübsch mit kurzem, etwas struppigem Blondhaar und stahlblauen Augen. Sie wirkte recht zurückhaltend, ließ sich aber bald von ihm in ein angeregtes Gespräch verwickeln, bei dem sie recht lebhaft wurde. Als er auf ihre Frage, woher er komme, Spaßes halber zuerst den Namen seines Heimatdorfes nannte, lachte sie und wollte dann genau wissen, wo das denn nun sei. Auf seine gleiche Frage antwortete sie: „Ich komme aus Aurich, das liegt in Ostfriesland." Sie hatten sich viel zu erzählen und vergaßen fast, das da noch sechs andere Teilnehmer waren. Über die ganzen drei Wochen verbrachte Joachim jede freie Minute mit dieser Annette Wolf. Als dann der Lehrgang zu Ende war, brachte er Annette samt Gepäck mit seinem Auto zum Bahnhof in Mannheim. Bevor er sie aussteigen ließ, fasste er all seinen Mut zusammen, beugte sich zu ihr hin, zog sie in seinen Arm und küsste sie herzhaft. Sichtlich gerne erwiderte sie diesen Kuss, und dann versanken sie in eine minutenlange innige Kussveranstaltung. Als sie dann etwas außer Atem auf die Uhr schauten, war Annettes Zug bereits abgefahren. „Macht nix." Joachim startete, kehrte zur Autobahn zurück und eilte nordwärts. Bis Mainz, so meine er, werde er den Zug wohl eingeholt haben. Es war aber Freitag, entsprechend voll war die Autobahn und bereits bei Heidelberg saßen sie im Stau.

Joachim verließ zwar die Autobahn an der ersten möglichen Abfahrt, kannte auch den Weg über Land, den er jetzt fahren wollte, wusste aber auch, dass der Plan nicht aufgehen konnte, den Zug in Mainz noch zu erreichen. Und der wäre Annettes letzte Möglichkeit gewesen. So schlug er ihr vor, mit ihm nach Hause in den Taunus zu fahren, im unbewohnten Zimmer seines großen Bruders zu übernachten und dann am anderen Morgen von Koblenz aus, wohin er sie bringen werde, die Heimfahrt anzutreten. An der nächsten Telefonzelle machte er kurz Halt und bereitete seine Mutter auf diesen unerwarteten Besuch vor, damit die das Zimmer richten konnte. Helene hatte ihrer Mutter einige Tage später von dieser Einquartierung berichtet und vorausgesagt, dass sie nun ihre zweite Schwiegertochter kennen gelernt habe. Annette Wolf habe einige Fragen zu ihrer Herkunft beantwortet. Sie sei gemeinsam mit ihrer Zwillingsschwester allein von ihrer Mutter groß gezogen worden. Ihr Vater sei, als sie erst zwei Jahre alt gewesen waren, als Vormann eines Seenotrettungsbotes bei einer schweren Schiffshavarie uns Leben gekommen. Ihre Mutter habe als gelernte Konditorin die Meisterprüfung abgelegt, ein Cafe in Aurichs Einkaufsstraße übernommen und durch Einheimische und zahlreiche Touristen ein brummendes Geschäft. Ihre Zwillingsschwester Sabine sei ebenfalls Konditorin geworden und inzwischen fast mit der Meisterschule fertig. Sie wolle das Lokal jedenfalls weiter führen. Joachim hatte Annette nicht nur am Sonntag rechtzeitig nach Koblenz gebracht, sondern so intensiv Zärtlichkeiten mit ihr ausgetauscht, dass sie sich schon für das nächste Wochenende in Aurich verabredeten. In den nächsten Wochen gab es viel Hin- und Herfahrerei. Bereits im September wurde schließlich in Aurich im Cafe mit der engsten Familie Verlobung gefeiert. Die Hochzeit sollte dann schon im Februar 1987 im Taunus stattfinden. Annette hatte ihre Arbeit in Aurich aufgekündigt und würde in der Zwischenzeit in den Verkauf der Firma Frick einsteigen.

Stefan hatte in der Lahnsteiner Fachoberschule Wirtschaft und Verwaltung die Fachhochschulreife erworben, entschied sich am Ende aber für eine Beamtenlaufbahn in der Kreisverwaltung in Bad

Ems. Da er als dritter Sohn nicht zur Bundeswehr musste, hatte er bereits im Juli 1986 als immerhin jüngster Anwärter seine Verwaltungsprüfung mit guter Benotung erledigt und begann als Beamter auf Probe in der Sozialabteilung des Kreises zu arbeiten.

Mit dem großen PKW seines Vaters kutschierte er seine Eltern und die rüstige Oma nach Aurich zur Verlobung. Er mochte seine zukünftige Schwägerin und freute sich auf die kleine Feier. Annettes Mutter hatte diese mit ihrem Personal so gut organisiert, dass sie und Sabine in Ruhe feiern konnten. Als Stefan zuerst Berthold, Marlies und den kleinen Christian begrüßt, Joachim kurz auf die Schulter geklopft und Annette herzlich in den Arm genommen hatte, wurde er dann deren Mutter und Zwillingsschwester vorgestellt. Sabine glich ihrer Schwester so, wie das von eineiigen Zwillingen zu erwarten war. Und doch, irgendwie war sie völlig anders. Während Annette stets recht zurückhaltend auftrat und gerne anderen Menschen zuhörte – ein wesentlicher Bestandteil ihres Verkaufstalents –, sprühte Sabine geradezu vor Temperament. Ihre lebendigen Augen verrieten eine gewisse Neigung zur Unverschämtheit, die sie aber in ihrem Verhalten ganz gut zu kontrollieren schien. Augenblicklich war Stefan diesen fordernden Augen verfallen. Annette, die die Vorsicht ihrer Schwester gegenüber Männern genau kannte – die wollte stets um jeden Preis ihre Selbstständigkeit behalten –, erkannte sofort, dass es im gleichen Moment auch um ihre Sabine geschehen war.

Während der ganzen familiären Feier saßen Stefan und Sabine beieinander und erzählten und lachten, als ob sie sich schon seit Jahren kennen würden. Nach der Kaffetafel schlug Sabine vor, sie wolle Stefan das Städtchen zeigen und dabei ein wenig die Köpfe auslüften. Weit kamen sie nicht, dann fielen sie einander in die Arme und küssten sich leidenschaftlich. Als sie anschließend Hand in Hand zurückkehrten, wunderte sich niemand. Zu offensichtlich hatten sie anfangs aufeinander reagiert. Die drei „Wölfinnen", wie Sabine ihr Familientrio bezeichnete, bewohnten je eine eigene kleine Wohnung in verschiedenen Ecken Aurichs. Für die Gäste hatten sie in einer der innenstadtnahen Pensionen bedarfsgerechte Zimmer geordert, sodass am späten Abend niemand weite Wege zurücklegen musste. Der kleine Christian wurde getragen, er hatte die letzten Stunden auf einer Eckbank schlafend verbracht. Joachim war seit einigen Wochen Mitbewohner von Annettes Appartement, wenn er in Aurich war. Als sich Stefan von der Zwillingsmutter und den Beiden verabschiedete, flüsterte ihm Sabine zu: „Du kommst mit zu mir." Also blieb ein Pensionszimmer unbenutzt.

Ab dem 2. November wohnte Annette nun mit in Jürgens gemütlicher Wohnung im geräumigen Haus der Fricks. Solange er allein gelebt hatte, war seit dem Ausbau der Wohnung vor einigen Jahren die hübsche große Küche nur ab und an zum Kaffekochen genutzt worden. Mit dem Einzug Annettes erwachte sie zu regem Leben. Sie war eine begabte Köchin und durch das Cafe der Wölfinnen auch eine leidenschaftliche Bäckerin. Stefan indessen hatte sich sofort auf die Suche nach einer Beamtenstelle in Ostfriesland begeben. Da es zufällig zur gleichen Zeit einen offiziellen Austauschwunsch einer ostfriesischen Beamtin in das Mittelrheingebiet gab, konnte er mit dieser jungen Frau den Arbeitsplatz ohne Einhaltung von Fristen tauschen und zog bereits ebenfalls zum 2. November um nach Aurich. Vetter Rolf führte beide Umzüge mit dem Diehlschen Dreieinhalbtonner in einer Tour durch, besser konnte es gar nicht sein.

Am ersten Abend in Aurich setzte Sabine ihren Stefan davon in Kenntnis, dass sie in der sechsten Woche schwanger sei. Als er sie erstaunt fragte, ob sie das Risiko in ihrer ersten gemeinsamen Nacht gekannt hätte, lachte sie vergnügt und gestand ihm, dass sie natürlich genau gewusst habe, wie empfängnisbereit ihr Körper in den Tagen um Annettes Verlobung herum gewesen sei. Mit Männern habe sie ja nichts zu tun haben wollen, also auch keine Gedanken an Verhütung verschwendet. Von ihm aber habe sie „jetzt und sofort" ein Kind haben wollen, ihr Körper habe regelrecht danach geschrien. „Du wirst das als Mann wahrscheinlich nicht so recht begreifen. So sind wir Weiber halt gestrickt." Lachend zog er sie auf seinen Schoß und stellte fest: „Dann wird es wohl am schlausten sein, dass wir mit deiner Schwester und meinem Bruder eine Doppelhochzeit feiern." „Das ist eine prima Idee. Und als Erstes suchen wir uns jetzt eine größere Wohnung. Soweit ich weiß, wird die über unserem Cafe zum Jahreswechsel frei, morgen kümmere ich mich gleich."

Die Doppelhochzeit im Taunus, ordentlich gefeiert im Standesamt Nastätten, im Dorfkirchlein und dann in der Ausstellungshalle des Landhandels, wurde eine unvergessliche Feier. Mitte Juni kam in Aurich eine kleine Nele zur Welt und Anfang September im Taunus ein kleiner Jonas. Auch mit ihrem zweiten Kind Jan, der schon ein Jahr und zehn Tage nach Nele geboren wurde, waren Sabine und Stefan schneller, Sabines Körper hatte wohl schon wieder geschrien. Das Zweite Taunuskind war auch ein Junge, Lars kam aber erst im Jahr 1991.

# Endlich!

Mit Otto Diehl war also 1937 ein kräftiger und geschickter zwanzigjähriger Mann zur Familie Morgenthal gestoßen, der sich mit der Unterstützung Almas schnell in seinen Aufgaben zurechtfand. Weil wie bei ihr der Weg nach Hause viel zu weit war, wurde für ihn die große Knechtwohnung über den Pferdeställen hergerichtet. Alma war noch nie dort hinein gekommen und recht erstaunt, wie viel Platz diese Räumlichkeiten boten. Wie in ihrem Raum waren die Wände teilweise schräg, die beiden Zimmer und eine kleine Küche aber auch mit ordentlichen Möbeln ausgestattet. Ruth Morgenthal erzählte, dass Emils Vorgänger mit seiner Frau und zwei Kindern dort gelebt habe. Deshalb das breite Bett und der Kinderschlafplatz auf der Bühne. Auch zu dieser Wohnung führte eine Außentreppe. Adels Vater hatte Wert darauf gelegt, dass weder die Schabbes-Goje noch der Schabbes-Goi durch das Wohnhaus mussten, um ihre Räumlichkeiten zu erreichen. So war in die Ecke zwischen den Giebelwänden von Haus und Pferdeställen, die im rechten Winkel zu einander erstellt waren, ein halbhoher Treppenabsatz gezimmert worden, von dem aus die beiden halbstöckigen Einzeltreppen unter die Dächer führten. Das Ganze war durch ein offenes Dach geschützt.

Drei der Kutscher hatten bis Ende Februar nach und nach die Rente erreicht. Auch im Lager war nur noch ein Arbeiter tätig. So ergab es sich, dass Otto, der ab da nur noch vier Pferde zu versorgen hatte, auch noch als Kutscher des zweiten Gespannes eingesetzt werden konnte. Irgendwie blieben ihm der ältere Kutscher und der Lagerist, zwei Brüder von etwa vierzig Jahren, recht fremd. Im Stillen machte er sich klar, dass er beiden nicht so recht über den Weg traute. Sie waren im Dorf dafür bekannt, dass sie einen rüden Umgangston mit ihren Frauen und Kindern hatten. Es gab sogar Vermutungen, dass ihre ständigen Wochenendfahrten mit ihren Motorrädern nach Nastätten etwas mit Kontakten zur SA zu tun hätten, für die Angestellten einer jüdischen Firma eine etwas seltsame Sache.

Umso vertrauter wurde ihm der Umgang mit Alma. Bereits in den ersten Monaten, als sie ihn noch in die Gewohnheiten der Firma und des Hauses einwies, hatte er ihre klare Sicht der Welt, ihr Selbstbewusstsein und ihren schier unverwüstlichen Humor schätzen gelernt. Da er selbst zwar nicht sehr gesprächig war, Dinge aber gerne in wenigen Worten auf den Punkt brachte und dabei bisweilen durchaus verschmitzte Formulierungen gebrauchte, hatten beide öfter gemeinsam etwas zu lachen. Als es wärmer wurde, gewöhnten sich beide an, nach

Feierabend beieinander auf dem hölzernen Treppenabsatz unter ihren Wohnungstüren zu sitzen und sich zu unterhalten. Oder auch nur, um gemeinsam zu schweigen. Otto zündete sich dann gerne seine kurze Pfeife an. In diesen Abendstunden erfuhr Alma, dass Otto zwar wie sein Bruder Ernst das Müllerhandwerk gelernt habe, aber den Mehlstaub nicht vertragen könne. Deshalb sei ihm die Arbeit in Firma und Haushalt Morgenthal eine schöne Möglichkeit für eine unabhängige Existenz gewesen. Alma berichtete von ihren zahlreichen Geschwistern und ihrem noch immer ungebrochen besonders herzlichen Verhältnis zu ihrem vierzehn Jahre älteren ältesten Bruder Heinrich, das auch inzwischen längst dessen Frau Hertha mit einschloss. Er hätte den Meisterbrief erworben und, nachdem die Schmiede im Heimatdorf unrentabel geschlossen worden sei, in Katzenelnbogen einen gut eingeführten Betrieb mit drei Gesellen von den kinderlosen Eigentümern übernehmen können, die dann auch Reparaturwerkstatt für Autos und Motorräder geworden sei. Seine drei Söhne seien nun schon Schulbuben.

Obwohl aus Nastätten und den zahlreichen umliegenden Dörfern und Städtchen eigentlich nur noch erschreckende Nachrichten über böse antijüdische Vorkommnisse zu hören waren, wollte

Adel Morgenthal seinen florierenden Betrieb nicht aufgeben. Seine Bauern, die ihn belieferten und gute Preise bekamen, wie auch seine Abnehmer machten ihm auch Mut, zu bleiben. Sie brauchten ihn schließlich. Mit seinem zukünftigen Schwiegersohn David Bernstein konnte er sich auch eine Zukunft seiner Firma vorstellen.

An einem warmen Sommerabend im August saßen Alma und Otto wieder einmal zu später Stunde auf ihrem Lieblingsplatz auf dem Treppenabsatz. Der Tag war für beide anstrengend gewesen. Alma hatte nur ein leichtes Kleidchen übergezogen und war wie immer, wenn es so warm war, barfuß. Die untergehende Sonne schien an der Stallecke vorbei und tauchte ihre Gestalt in ein wundersames goldschimmerndes Licht. Sie hatte ihre Zöpfe gelöst, die fast hüftlangen schwarzen Haare offen über ihre Schultern geworfen und saß ganz still. Otto war es, als ob er sie an diesem Abend das erste Mal sehe. Die außergewöhnliche Schönheit dieses ihm so vertrauten Mädchens war ihm noch nie so bewusst geworden. Und urplötzlich wurde ihm klar, dass er es schon lange herzlich lieb gewonnen hatte. Diese Erkenntnis durchfuhr ihn wie ein Blitz aus heiterem Himmel und machte ihn recht verlegen. Mit solchen Gefühlen hatte er überhaupt keine Erfahrung. Wie könnte er zum Ausdruck bringen, was er empfand?

Oder sollte er damit lieber warten, bis er sich sicher sein konnte, dass auch Alma eine starke Zuneigung zu ihm gewonnen hatte? Und wie konnte er das feststellen? Als die Sonne fast untergegangen war und das liebreizende Wesen neben ihm nun auch im Schatten saß, seufzte er, klopfte seine Pfeife aus und verabschiedete sich zur Nachtruhe. Lange konnte er nicht einschlafen und grübelte, das half ihm aber auch nicht weiter.

Die nächsten Tage waren angefüllt mit viel Arbeit, die Bauern waren eifrig am Ernten. Zudem galt es die Verlobung Esthers mit David vorzubereiten, die am 20. August stattfand. Der Freitag als Vortag des Sabbattages war dafür ausgesucht worden. Und die Ernteverwertung dauerte an bis Anfang November, erst ab da wurde es ruhiger. Alma stellte schon länger mit einiger Verwunderung fest, dass Otto ihr regelrecht aus dem Weg ging und nur das Nötigste mit ihr redete. Das steigerte ihr Interesse an diesem Mann seltsamer Weise ganz gewaltig. Sie hätte gar zu gerne gewusst, was in ihm vorging. In den ersten Novembertagen musste eine große Ladung Kartoffeln nach Lahnstein gebracht werden. Otto kam von dieser Fahrt reichlich verdreckt und vom starken Regen pudelnass nach Hause. Als er die Pferde versorgt hatte, war es trocken geworden und die untergehende Sonne schaute nochmals kurz hervor. Otto ging zum hauseigenen Brunnen und zog sich mit einem kräftigen Ruck seine nasse Jacke, die Lederweste und das verschwitzte Hemd vom Oberkörper und wusch sich ungeachtet der herbstlichen Kühle ausführlich und genussvoll die Folgen dieses Tages vom Leib.

Alma schaute gerade aus dem großen Stubenfenster und blieb wie gebannt stehen, bis Otto seine Sachen zusammen raffte und die Treppe zu seiner Wohnung hinauf sprang. Was für ein kraftvoller Kerl! Ein Schauer lief ihr durch den ganzen Körper. Sie brauchte einige Minuten, bis sie sich wieder im Griff hatte und ihr Tagewerk zu Ende brachte. Dass sie ihn schon immer gern gehabt hatte, war ihr wohl bewusst gewesen. Aber dass sie ihn eigentlich von Herzen lieb hatte, kam ihr erst jetzt zum Bewusstsein. War das bei ihm genauso und der Grund für seine Sprödigkeit in den letzten Wochen? War auch er in der gleichen Verlegenheit wie jetzt sie, nicht zu wissen wie er sich verhalten solle? Alma war sich plötzlich ganz sicher, dass es so sei. Obwohl es ihr eigentlich nicht an Selbstbewusstsein fehlte, war sie doch aufgrund ihrer Erziehung fest davon überzeugt, dass der Mann auf die Frau zuzugehen habe. Also, Alma, fasse dich in Geduld, aber lass ihn schon merken, dass er dir auch am Herzen liegt. Wie sie das machen könne, hatte sie vorerst keinen Plan. Es würde ihr schon etwas einfallen.

Genau einen Tag nach dieser ihrer Erkenntnis kam ein tiefer Einschnitt in Ottos Leben wie in das der übrigen zwanzigjährigen jungen Männer des Dorfes. Über den Bürgermeister erhielten sie Schreiben, dass sie am kommenden Mittwoch ab vierzehn Uhr zur Dorflinde zu kommen hätten, wo der große Einberufungswagen der Wehrmacht auf sie warte. Gemustert waren alle längst, hatten aber ein wenig gehofft, sie seien vergessen worden. Der Termin für die vier Männer dauerte gerade einmal 20 Minuten. Dann wussten sie, dass sie sich in Diez in der Kaserne am Montag, 7. Februar 1938 vor zwölf Uhr mittags einzufinden hätten. Das hätte man ihnen auch schriftlich mitteilen können, dann wäre wohl aber die Belehrung zum sogenannten Führereid nicht so leidenschaftlich ausgefallen wie dort in der persönlichen Ansprache des dicken Feldwebels im Einberufungswagen.

In den Winterwochen versuchten Alma und Otto irgendwie, jeder auf seine Weise, die gegenseitige Zuneigung kund zu tun. Längst hatten auch beide bemerkt, dem Gegenüber nicht einerlei zu sein. Aber Ottos Zaghaftigkeit wie auch Almas Erziehung standen wie eine gläserne Wand dazwischen. So näherte sich das Januarende mit großen Schritten, ohne dass sich ein Fortschritt in dieser festgefahrenen Beziehung ereignet hätte. Durch die bevorstehende Hochzeit Esthers mit David waren beide schließlich so intensiv beschäftigt, dass sie trotz zahlreicher gemeinsamer Arbeiten ihr Problem kaum noch wahrnahmen, wohl auch nicht wahrnehmen wollten. Die Hochzeit war ungestört vorüber gegangen. Otto hatte schon am Donnerstag zuvor ein paar Dinge zusammengepackt, die er in die Kaserne mitnehmen wollte. Seine Wohnung hatte er sorgfältig aufgeräumt und Alma hatte ihm bei einer Grundreinigung geholfen. Obwohl ihm Adel Morgenthal eine Wiedereinstellung nach dem Wehrdienst zugesagt hatte und ihm sogar anbot, an freien Wochenenden die Wohnung zu nutzen, glaubte er nicht an eine Rückkehr.

Sein letzter Dienst war die Fahrt nach Wiesbaden, um Davids Eltern zurück zu bringen. Es war spät geworden. Nirgendwo im Haus war noch Licht zu bemerken. So stellte er den Mercedes in die Wagenhalle, warf den Schlüssel in Morgenthals Briefkasten und verzog sich zu seiner letzten Nacht in die Knechtwohnung. Genussvoll wusch er sich ausführlich an seinem Waschtisch von Kopf bis Fuß, er wollte sich am Morgen doch frisch auf die Reise nach Diez machen. Seiner etwas eigenwilligen Gewohnheit nach kroch er dann nackt unter seine

Decke. Dass er dort eine ebenfalls nackte wunderbar warme und weiche junge Frau vorfand, brachte ihn völlig um seinen Verstand. Alle Sehnsüchte und Wünsche der vergangenen Monate wurden mit einem Mal erfüllt. Alma hatte ihn nicht ohne eine Klärung ihrer Beziehung davon gehen lassen wollen. Da war es ihr eine große Hilfe, dass sie am Sonntag vor Esthers Hochzeit wie häufig den Gottesdienst im kleinen Kirchlein auf dem höchsten Punkt des Dorfes besucht hatte. Predigttext war die alttestamentliche Sündenfallgeschichte. Der alte Pfarrer Hahn erklärte, der ursprüngliche Sinn sei gewesen, allerlei menschliche Verhaltensweisen als teuflisch darzustellen und Verbote zu begründen. Zu manchen Dingen müsse man heutzutage aber doch Änderungen in den Auffassungen erkennen, die gar nicht so übel seien. So seien doch beispielsweise die Verführungskünste der Frauen durchaus ein Reichtum dieses Geschlechtes und den meisten Männern sehr angenehm. Na bitte, dachte Alma, dann kann auch ich die Sache mit Otto in die Hand nehmen. Weil er offensichtlich nie sein einziges Nachthemd benutzte – es war noch niemals in der Wäsche -, hatte sie ihn vor längerer Zeit einmal gefragt, wie er denn da im Bett liege. „Na, nackt halt.", war seine Antwort gewesen. Sehr gut, dachte sie da im Gottesdienst, nackt kann ich auch.

## Weihnachtspause

Alma hatte die beiden ersten Medikamentengaben ganz gut verkraftet. So konnte sie tatsächlich am 22. Dezember vorübergehend nach Hause entlassen werden. Irmgard hatte sich noch einige Besorgungen für Koblenz vorgenommen, anschließend holte sie dann ihre Schwiegermutter in der Klinik ab. Während der Fahrt nach Hause wollte die dann wissen, ob die ganze Familie Diehl an einem der Feiertage zusammen kommen werde. „Natürlich, das haben wir genau so geplant wie in den letzten Jahren. Heilig Abend bist du wieder mit uns zu Hause, und die Familien der Kinder sind unter sich. Am Ersten Feiertag essen wir dann alle zusammen bei Karola und Rolf zu Mittag und bleiben bis zum Abend zusammen. Ute und Jürgen werden dann sicher wegen der Kleinen als Erste aufbrechen, zumal Utes zweite Schwangerschaft ihr offensichtlich inzwischen ganz schön zu schaffen macht. Ende Januar soll das Kind ja schon kommen. Am Zweiten Feiertag möchte dich Susanne herüber holen. Dieter hat dann Dienst, da ist den Kindern die Oma sehr willkommen. Was Fricks vorhaben, weiß ich nicht so genau, da ist das Haus ja auch immer voll an den Feiertagen."

Rolf hatte 1988 in den Monaten vor seiner Eheschließung mit der brünetten Karola Wöll aus

Diez direkt hinter der großen LKW-Halle ein hübsches Fertighaus erstellen lassen. So hatten die Beiden gleich ein gemütliches Nest, in dem es sich auch mit Familie gut leben lassen würde. Sie hatten sich Anfang 1987 in Schönborn gelegentlich der Geburtstagsfeier von Rolfs bestem Freund Volker kennengelernt, dessen Nichte Karola war. Ihre Mutter war seine älteste Schwester. Karola hätte 1989 ihr Kind fast verloren, nur die Kunst ihrer Frauenärztin in Bad Schwalbach und die ständige Unterstützung durch ihre Hebamme hatten ihr geholfen, die letzten Wochen ohne Fehl- oder Frühgeburt gut zu überstehen. Der kleine Ulrich war dann aber mit einer ganz normalen Geburt zur richtigen Zeit und in gutem Allgemeinzustand im Paulinenstift in Wiesbaden geboren, in das die Frauenärztin sie frühzeitig zur Sicherheit eingewiesen hatte.

Da die Ursache der Probleme eine seltene Infektion gewesen war, die nach der Geburt gefahrlos hatte ausgeheilt werden können, hatte sie nach einer Verschnaufpause noch einmal dem Wunsch Rolfs nachgegeben und eine weitere Schwangerschaft riskiert. Die war dann so problemlos verlaufen, dass beide das kaum glauben mochten. So kam 1992 die kleine Luise ohne jeden Stress munter zur Welt.

Susanne hatte schon als Grundschulkind einen ersten festen Freund, den Sohn Dieter des Schusters Vogt aus dem Dorf. In der Realschule gingen sie sich aus dem Weg, obwohl sie in einer Klasse waren. Ihre Zuneigung war ihnen altersentsprechend peinlich. Im Dorf jedoch gab es immer einmal wieder heimliche Begegnungen in den Sträuchern hinter der Kirchenmauer, über die sie eisernes Stillschweigen verabredet hatten. Als Dieter nach der „mittleren Reife" zur Polizeischule ging, verloren sie sich aus den Augen. Susanne wurde heftig von einem um Einiges älteren Mann aus Nastätten umworben, der Patient des Arztes war, bei dem sie ihre Ausbildung zur Arzthelferin absolvierte. Als kurz vor ihrer Gehilfenprüfung der Termin für die Verlobungsfeier danach bereits angesetzt war, wurde sie eines Tages während der Arbeit von ihren zukünftigen Schwiegereltern davon in Kenntnis gesetzt, ihr Freund habe sich das Leben genommen. Er hatte seine Arbeitsstelle verloren und dieses nicht verkraftet. Susanne bestand dann zwar ihre Prüfung, benötigte aber tagelang die intensive Stützung durch ihre Eltern, um die Sache einigermaßen zu verkraften.

Als dann Dieter aber zum Oktober 1989 in den Rhein-Lahn-Kreis versetzt wurde und wieder bei seinen Eltern einzog, ging alles ganz schnell. Er und

Susanne fanden wieder zusammen. 1990 im Juni wurde geheiratet, 1991 und 1992 kamen die beiden Buben, Markus und Andreas. Und seit der Einschulung des Kleinen konnte Susanne auch wieder teilzeitbeschäftigt in einer Nastättener Arztpraxis arbeiten. Dass durch den tödlichen Autounfall, den Dieters Eltern kurz nach Markus´ Geburt erlitten, plötzlich das große Haus ganz verfügbar wurde, hatte niemand erwartet und erst recht nicht gewünscht. Dieter hatte ja schon mit einem Umbau begonnen, der zwei Wohnungen hätte entstehen lassen. Dessen bedurfte es nun nicht mehr.

Jürgen war als typischer Jüngster der Strahlemann der Familie, durchaus charmant und dem anderen Geschlecht außerordentlich zugetan. Anders als sein Bruder, der wegen eines kleinen Arbeitsunfalles nicht Soldat geworden war, folgte er brav seiner Wehrpflicht, bevor er seine Ausbildung zum Rechtspfleger begann. In dieser Zeit beim Bund hatte er so manche junge Dame kurzzeitig beglückt, dann aber schleunigst das Weite gesucht. Bei einer dieser Eskapaden hatte er sich eine Unterhaltsverpflichtung eingehandelt. Die Tochter, für die er zahlen musste, bekam er nie zu sehen, da die Mutter mit seinem kanadischen Nachfolger noch während der Schwangerschaft in dessen Heimatland ausgewandert war. Nach Auskunft seiner Ex hat sein Kind aber dort einen guten Vater. Und da der später das Mädchen adoptiert hatte, war er auch die Zahlungsverpflichtungen los geworden. Hätte das sein Vater noch erlebt, hätte er manchen herben Spruch einstecken müssen.

Als er mit seiner Ausbildung fertig und daraufhin 1994 im Familiengericht in Lahnstein angestellt worden war, wurde er merklich ruhiger. Bis ihm eine kesse schwarzhaarige Fahranfängerin mit ihrem alten Golf in seinen gehätschelten BMW eine kräftige Delle hineinfuhr. Er verzieh ihr nicht nur sofort sondern lud sie auch gleich ein, mit ihm am Wochenende zur Dorfkirmes zu kommen. Dabei erfuhr er, dass sie aus dem nahen Nassau stamme. Und gerne bereit wäre ihn zu begleiten. Ute Hasselbach erwies sich als feierfröhliches Menschenkind, dem aber auch in ihrer Ausbildung zur Kinderpflegerin ernste Lebensfragen durchaus am Herzen lagen. Ab diesem Wochenende waren die Beiden unzertrennlich und bereits im kommenden Jahr wurde Hochzeit gefeiert. Nun wohnten sie in einer hübschen Wohnung in Nassau und das zweite Kind war unterwegs. Die knapp zweijährige Lisa konnte es kaum erwarten.

Die Weihnachtstage verliefen tatsächlich nach gewohntem Schema. Alma hatte sogar den Mut, am Heiligen Abend mit Irmgard, Karola und Susanne in den Mitternachtsgottesdienst zu gehen, während die jungen Väter als Wächter bei den Kindern blieben und Friedhelm auf seinem Sessel eingeschlafen war. Auch die beiden Feiertage erlebte sie ohne größere Schwächeanfälle. So traute sie sich zu, auch noch einen Besuch bei Helene, Herbert, Annette und Joachim zu schaffen. Alleine die Begeisterung der beiden kleinen Buben über den Besuch der Urgroßmutter war diese Entscheidung wert. Joachim hatte sie mit dem Auto geholt und brachte sie, als sie müde wurde, auch sofort wieder heim.

## Zukunftssicherungen

Alma und Otto versuchten, ihre gemeinsam ziemlich schlaflos verbrachte Nacht ihrer Herrschaft zu verheimlichen. So war Alma schon im Morgengrauen in ihre Sonntagskleider geschlüpft und über die beiden halben Treppen in ihre Stube hinüber gehuscht, um sich zu waschen und für den nunmehr bevorstehenden Arbeitstag entsprechend anzukleiden. Otto kam um einige Zeit später aus der längst aufgeräumten Knechtwohnung. Schweigsam frühstückten sie wie immer gemeinsam in der großen Küche.

Ruth Morgenthal schaute kurz vorbei, um sich schon von Otto zu verabschieden. Das frisch verheiratete Paar Bernstein wurde noch seiner Zweisamkeit überlassen und Adel kam erst herzu, als Otto sein Bündel ergriff und zum Bahnhof aufbrechen wollte. Er gab Otto die Hand, wünschte ihm alles Gute und einen kritischen Verstand in politisch gefährlichen Zeiten. Alma begleitete Otto nach draußen. Am großen Hoftor ging dann doch beiden die Beherrschung verloren. Sie verabschiedeten sich mit einer langen Umarmung, einigen Küssen und mancher Träne Almas. Dann riss sich Otto los, versprach, so bald wie möglich zu kommen und wanderte ebenso beschwingt wie betrübt zum Bahnhöfchen. Nachdem sich Alma am Brunnen ihr

Gesicht gewaschen hatte, ging sie zurück in die Küche, ihr Tagewerk zu beginnen.

Ruth war wieder hereingekommen. Wortlos nahm sie ihre Magd in die Arme, die sofort wieder anfing zu schluchzen. Als sie sich etwas beruhigt hatte, schob Ruth sie ein wenig von sich, sah ihr lächelnd ins Gesicht und sagte „Das hättet ihr beide schon länger haben können. Aber gut Ding will Weile haben, wie das Sprichwort sagt." Sie hatte bei ihrem kurzen Blick in die Küche zuvor sofort gesehen, dass da ein Durchbruch geschehen war. Und durch das Fenster ihrer Stube war ihr dann die Bestätigung ihrer Erkenntnis sichtbar geworden.

Die nächsten Wochen brachten einige Neuerungen in die Firma. Adel entließ die beiden angestellten Brüder Kern, da ihm deren Kontakte zur SA unheimlich wurden. Er hatte die letzten Pferde verkauft, einen Lastwagen und einen Traktor angeschafft und schon vor Esthers Hochzeit dafür gesorgt, dass die beiden jungen Frauen zur Fahrerlaubnisprüfung vorbereitet wurden. Er und David besaßen die längst. Ende März bereits legten beide die Prüfung ab. David, der in Nastätten im Mercedes gewartet hatte, fuhr mit ihnen danach zurück. Unterwegs gestand ihm seine Frau, sie und Alma hätten die gemeinsame Wartezeit bis zu ihrer jeweiligen Prüfung dazu genutzt, sich gegenseitig zu berichten, ihre Regelblutungen wären so lange überfällig, dass sie wohl beide guter Hoffnung seien. Er möge ihr verzeihen, dass Alma nun zwei Stunden vor ihm die Neuigkeit erfahren habe. „Dafür seid ihr beide doch Freundinnen und jetzt auch im gleichen Zustand. Alma hat halt das Problem, ledig zu sein. Da ich aber vermute, Otto ist der Vater, wird das nicht lange so bleiben." Er pfiff vergnügt vor sich hin. Und die jungen Frauen waren froh, dass in ihrer Generation eine solch schöne und ungewöhnliche Freundschaft entstanden war.

Im Haus Morgenthal saßen dann alle fünf in Adels großem Arbeitszimmer und besprachen die neue Lage der Dinge. Zuerst einmal freuten sich Ruth und Adel über den angekündigten Nachwuchs. Dann wollte Adel wissen, ob denn und wann Otto einen ersten Heimaturlaub bekommen werde. Alma musste mitteilen, dass sie von ihm bisher nur einen Brief bekommen habe, in dem er unter Anderem schrieb, dass er zum Pionierbataillon nach Lahnstein abkommandiert worden sei und in den nächsten Tagen mit einigen anderen Rekruten verlegt werde. „Na, das ist ja nicht weit, da wird er wohl bald kommen. Du, Alma, ziehst heute Nachmittag mit deinem ganzen Eigentum hinüber in die Knechtwohnung, die nun erst einmal euer Nest sein wird, wenn Otto jeweils hier ist. Ich setze voraus, dass du bei uns bleibst." „Natürlich. Das ist hier doch mein Zuhause." „Du wirst bald erkennen, dass wir vier das genauso sehen." Alma konnte sich auf diesen Orakelspruch keinen Reim machen, nahm ihn aber erst einmal so hin. „Traust du dir trotz deiner Schwangerschaft zu, mit dem kleinen Lastwagen in die Auslieferung einzusteigen? Ruth und Esther schaffen den Haushalt locker allein, selbst wenn Esther im Lager mit anfasst und meine Frau mir weiter in der Buchhaltung zur Hand geht. Dabei hilft auch noch David, der aber vorwiegend mit dem Traktor und dem großen Wagen unterwegs sein wird." „Warum soll ich mir das nicht zutrauen. Ich bin ja nicht krank, ich kriege nur ein Kind. Meine Mutter hat sechs Mal auch noch mit dickem Bauch kräftig gearbeitet, das soll mir wohl auch gelingen."

Zwei Tage später brachte der Briefträger die ersehnte Nachricht, dass Otto über die Ostertage keinen Wachdienst habe und deshalb schon am Gründonnerstagabend zu Besuch kommen dürfe, und das sogar bis Ostermontagabend. Tags zuvor hatte Ruth die Dorfhebamme Alwine Debusmann gebeten, sich ihre beiden schwangeren jungen Frauen einmal genauer anzuschauen, ob alles in Ordnung sei. Alwine war die Ehefrau des langjährigen Bürgermeisters und Standesbeamten Heinrich Debusmann, der im ganzen Dorf wegen seiner

Führungsqualität geschätzt wurde. Selbst Menschen mit extremen Ansichten hatten Respekt vor dem knapp Sechzigjährigen, der nun schon im zwanzigsten Jahr das Amt inne hatte. Die größte Stütze war für ihn sein gleichaltriger Freund aus Weltkriegstagen, der Gemeindepfarrer Eduard Hahn, der durch ihn nach dem Krieg ins Dorf gekommen war, und der umgekehrt auch seine Unterstützung gerne in Anspruch nahm.

Alwine befand Esther und Alma als tatsächlich guter Hoffnung. Alma sah sie als völlig gesund und problemfrei. Bei Esther war das leider nicht ganz so gut, sie war doch erheblich zarter als Alma. Am 14. April knatterte dann ein betagtes Beiwagenmotorrad in den Hof. Otto sprang vom Sitz und herzte zuerst einmal seine Alma. Dann begrüßte er die Morgenthals und die Bernsteins. Nun war ja auch gleichzeitig das jüdische Passahfest im Gange. Da war Alma heilfroh, dass Otto ihr einige ihrer Aufgaben abnehmen konnte. Zuerst aber musste er berichten, wie er zu diesem Motorrad gekommen war. Schmunzelnd erzählte er, dass vor wenigen Tagen ein gewisser Heinrich Meyer, Schmied aus Katzenelnbogen, mit einem ganzen Lastwagen voller Motorräder in der Kaserne aufgetaucht sei. Das seien alles Maschinen der Wehrmacht aus dem Ersten Weltkrieg, die er hergerichtet habe und preisgünstig verkaufen könne. Einige Rekruten hätten ihm alle Zweiradmaschinen abgekauft, zum Schluss sei nur noch dieses Gespann auf der Ladefläche gewesen. Dann sei er zu Heinrich hin, habe sich vorgestellt und ihm mitgeteilt, dass er entschlossen sei, in absehbarer Zukunft seine jüngste gescheite und schöne Schwester zu heiraten. Heinrich habe ihn kurz versonnen angeschaut, ihm dann auf die Schulter geklopft und gemeint: „Dann schenke ich euch beiden die große Mühle. Sie läuft wie ein Uhrwerk. Ich habe aber eine Bedingung: Kommt uns bald besuchen, Schwager. Gescheit und schön? Mein lieber Mann, da hast du wirklich recht."

„Ich habe aber jetzt noch eine weitere Eigenschaft, mein Liebster. Ich bin schwanger. Und Esther übrigens auch." „Da ich deinem Bruder angedroht habe, wir würden heiraten, werden wir das dann auch so schnell es geht tun." Am folgenden Nachmittag machte das junge Paar einen ausführlichen Karfreitagsbesuch beim Ehepaar Debusmann. Der Bürgermeister holte sofort die entsprechenden Formulare und schrieb das Aufgebot, das er noch am selben Abend in den Bekanntmachungskasten hängte. Am Samstag, dem 21. Mai sollte dann am Morgen die standesamtliche, und am Nachmittag die kirchliche Trauung stattfinden. Letzteres hatte er sofort mit dem Pfarrer telefonisch abgesprochen und das kirchliche Traugespräch bei diesem für den Ostersamstag vereinbart, der Braut die notwendige Genehmigungserklärung ihrer Mutter vorbereitet und dem Bräutigam die Bestätigung für den Antrag auf Heiratsurlab ausgefertigt.

Otto überlegte „Feiern werden wir wohl am Besten bei meinen Eltern und meinem Bruder in der Mühlengaststätte im Jammertal." Almas Gedanken waren eher mit der nächsten Zukunft befasst: „Am Sonntag gibt es dann die Rundreise zu unseren Familien. Hoffentlich hat Heinrich den Mund gehalten." Das Gespräch mit Pfarrer Hahn beschäftigte sich gar nicht sehr lange mit der Trauung und den üblichen Partnerschafts-Themen. Hahn war es wichtig, Alma zu befragen, ob sie sich der Gefahr bewusst sei, im letzen jüdischen Haushalt und Gewerbebetrieb der ganzen Region zu arbeiten. Natürlich war Alma klug genug, die heikle Situation richtig einzuschätzen, beide Brautleute bekräftigten aber ihre Zuneigung zu beiden Generationen im Haus Morgenthal und meinten, das gute Verhältnis dieser Kaufleute zu den Bauern der Umgegend sei kein schlechter Schutz. Eduard Hahn entließ die beiden mit schweren Gedanken, nur zu gerne hätte er deren Zuversicht geteilt.

Der Sonntag gehörte dann ihren Familien. Die Motorradrundreise begann bei Almas Mutter, die alle

Nachrichten mit Freude und Gelassenheit zur Kenntnis nahm und gern ihrer Tochter die Zustimmung unterschrieb. Auch sie äußerte ihre Besorgnis über die antisemitische Stimmung im Land. Rudi war mit seinem Wehrdienst, den er nur widerwillig abgeleistet hatte, gerade zu Ende und arbeitete wieder im Kreisamt in Diez, wohnte aber noch bei Johanna zu Hause. Das nächste Ziel war nun Katzenelnbogen, wo nicht nur Heinrich mit seiner Familie lebte, sondern auch Pauline. Sie lebte allein in einer kleinen Wohnung am Burgberg und arbeitete in der Schneiderei, in der sie gelernt hatte. Hertha schickte ihren Ältesten sofort los, die Tante auch herbei zu holen. Nun waren also diese drei Geschwister Almas schon im Bilde.

Am weitesten weg wohnte Marie mit ihrer Familie. Otto musste bis ins Tal der Ahr hinunter, um sie und ihren Mann in Hahnstätten aufzusuchen. Marie hatte zwei Jahre zuvor in einen großen Bauernbetrieb eingeheiratet, hatte inzwischen einen kleinen Buben geboren und war eine tüchtige Bäuerin geworden. Auf dem Rückweg bogen sie in Katzenelbogen in Richtung Jammertal ab. In einer der Mühlen lebte Almas Bruder Hermann, der nach seiner Ausbildung gehört hatte, dass der dortige Müller nur eine Tochter habe, die keinen Jungmüller finden könne. Das sei umso erstaunlicher, weil sie eine äußerst hübsche und gescheite Person sei. So wanderte er eines Sonntags ins Jammertal hinüber und fragte in besagter Mühle an, ob man Arbeit habe. Man hatte. Recht bald merkte er, warum diese Gertrud noch unbemannt lebte. Sie war sehr selbstbewusst und beherrschte die Mühle ihres Vaters wie auch ihr Elternhaus. Für ihn war das gerade die rechte Herausforderung. Nach wenigen Wochen hatte er ihr bewiesen, dass er ihr durchaus ebenbürtig in Schaffenskraft und Verstand sei. Daraufhin zeigten sich plötzlich bei ihr ganz andere Eigenschaften, die es ihm leicht machten, ihr Herz zu erobern. Seines hatte er an diese starke junge Frau längst verloren. Bei ihrem kurzen Osterbesuch erfuhr Alma nun, dass diese Schwägerin auch schwanger sei, nur schon einige Wochen weiter.

Zwei Mühlen weiter talabwärts war dann in ihrer Mühle Ottos Familie an der Reihe. Seine Eltern hatten länger nichts von ihm gehört und freuten sich besonders über seine neue Lebenssituation. Sein älterer Bruder Ernst war noch ledig. Für beider Eltern und ihn war der Betrieb der Mühle und der Schänke im Nebengebäude recht anstrengend, obwohl sie einen Knecht und eine Magd hatten, die kurz über der Mühle mit ihren Kindern in einem putzigen Fachwerkhaus wohnten, das sie von den Eltern der Magd geerbt hatten. Es fehlte halt doch eine junge Frau im Haus. Beim Abschied nahm Ernst Otto beiseite und verriet ihm, dass ihn die jüngste Tochter eines Bauern aus Schönborn im Herbst bei der Kirmes sehr beeindruckt und er sich schon einige Male mit ihr getroffen habe. „Dann mach nicht meinen Fehler, der mir dank der Zielstrebigkeit meiner Alma dann doch nicht zum Verhängnis wurde. Fahr heute Abend hin, hol sie dir und küsse sie so lange, bis es kein Zurück mehr gibt." Als er das am Abend im Bett Alma erzählte, nickte sie nur. Sie wusste sowieso, dass sie richtig gehandelt hatte.

Der nächste Tag gehörte zuerst einmal nur ihnen Beiden. Aber Adel hatte gebeten, sie möchten doch am frühen Nachmittag herüber ins Haupthaus kommen, es gäbe Wichtiges zu bereden. Mit einer beängstigenden Feierlichkeit eröffnete der Kaufmann das Gespräch. „Ihr Beiden habt nun eine gemeinsame Zukunft geplant. Wir haben euch in den letzten Monaten sehr ins Herz geschlossen, besonders Alma ist uns sozusagen zu einer zweiten Tochter geworden. Unsere Zeit hier in Deutschland geht nun unaufhaltsam dem Ende entgegen. Wir werden Esther nicht zumuten, in ihrem jetzigen Zustand in die Schweiz umzusiedeln, aber sobald das Kind da ist und die Belastung verkraften kann, gehen wir in die Emigration. Ich habe fast unsere ganzen Geldreserven bei einer großen schweizerischen Bank deponiert, da sind wir alle fünf dann erst einmal gesichert. Nun bleibt die Frage, was gibt es mit unserem Eigentum hier? Wir haben Angst, die Nazis werden, wenn wir weg sind, alles enteignen und der Partei zum Eigentum geben, wie das in vielen Fällen geschehen ist. Esther hat deshalb vorgeschlagen, alles rechtzeitig in andere Hände zu geben und den gesamten Betrieb mit Grundstücken und Inventar dir, Alma, sofort zu verkaufen." „Mein Gott, ich habe doch kein bisschen Kapital und Otto auch nicht. Wie sollen wir denn das bezahlen?"

Adel lächelte. „Da hat mir unser Notar Hofmann in Nassau, den ich schon aus Kinderzeiten kenne, eine wunderbare Lösung geschaffen. Er wird bereits im Kaufvertrag den Übergang eines realistischen Kaufpreises bestätigen, der in der Schweiz auf unserem Konto eingegangen ist und aus einer – erfundenen – „Erbschaft einer Tante der Käuferin aus San Franzisco" geflossen ist. Das lässt sich in der Schweiz sogar überprüfen, ich habe in New York jahrelang an der Börse mit Aktien aus San Franzisco Geld verdient, das jetzt gerade von dort vom Depot meiner Treuhänderin Mabel Meyer auf unser Konto gezahlt wird, die wunderbar Weise deinen Nachnamen trägt. Euch soll keiner vorwerfen können, ihr hättet euch eine Judenschenkung erschlichen. Der Vertrag liegt fertig in Nassau, wir werden ihn morgen unterschreiben, Ruth, du und ich. Diese Eile ist auch der Grund, warum du, Otto, dann in Almas Betrieb einheiraten musst. Nur Eines fehlt uns noch, eure Antwort. Wir wollen, dass ihr den Betrieb weiter führt, wollt ihr das auch?" Das war einerseits eine schwierige, weil weittragende Entscheidung, andererseits ein Beweis der Zuneigung dieser Familie, die größer nicht hätte sein können. So brauchten die jungen Leute keine Absprache, nur einen kurzen Blick einander in die Augen, um sich ihrer Zustimmung gewiss zu sein. „Eine Frage ist noch. Ich bin doch noch gar nicht geschäftsfähig." „Ach richtig, das hätte ich beinahe vergessen. Die vorgezogene Mündigkeitserklärung des Amtsgerichtes hat unser Bürgermeister schon im Januar beantragt und bereits dem Notar geschickt. Sagt bloß, er hat deine Mutter noch die Zustimmung zur Heirat unterschreiben lassen? So hat der gute alte Freund alles schön geheim gehalten. Er kennt unseren Plan schon seit Längerem. Eigentlich sollte das alles ja früher geschehen, da es Esther aktuell aber nicht so gut geht, haben wir uns auf einen Umzug im Winter eingerichtet."

Voll mit seltsamen Gedanken an die Zukunft gingen sie zurück in ihre kleine Wohnung über den ehemaligen Pferdeställen. Sie würden sich der Herausforderung stellen, das war ihnen klar, aber so ganz leicht würde das nicht werden. „Mir gefällt das gar nicht, dass die so lange warten wollen, bis sie auswandern. Die Nazis werden den Juden gegenüber immer schlimmer." Alma war sehr besorgt. „Und ich kann dazu bei Esther gar nichts sagen, sonst meinen die noch, ich sei wild auf den Besitz des Betriebs. Sie müssen halt das Risiko tragen, so oder so." Um die schweren Gedanken ein wenig zu zerstreuen, schlüpften sie noch einmal in ihr großes Bett. So ließ sich die Welt um sie herum am leichtesten ertragen. Gegen zehn fuhr Otto dann wieder zurück in die Kaserne, um Mitternacht musste er wieder dort sein. Die notarielle Beurkundung des ungewöhnlichen Kaufvertrages fand dann tatsächlich am nächsten Morgen statt. Der Notar Konrad Hofmann, der mit Adel im Gymnasium in einer Klasse gewesen war, fuhr noch am gleichen Nachmittag nach St. Goarshausen und ließ den Vertrag in die Urkundenrolle eintragen. Dann ging er zum Grundbuchamt und wartete dort, bis der ihm gut bekannte und wohlgesonnene Beamte die Änderung der Grundbucheinträge ausnahmsweise sofort vorgenommen und ihm Auszüge für Alma und Morgenthals geschrieben hatte. Auf dem Heimweg schaute er noch dort vorbei, lieferte diese Auszüge und je eine beglaubigte Vertragsabschrift ab und fuhr dann guter Dinge, richtig gehandelt zu haben, nach Hause. Das war der schnellste Verkauf, den er je abgewickelt hatte. Die Umschreibung des Gewerbes beantragte Alma dann über den Bürgermeister in Wiesbaden. Das erledigte die zuständige Behörde auch überraschend flott.

Die Hochzeit am 21. Mai ging recht unauffällig von statten. Morgenthals und Bernsteins waren sowohl im Standesamt als auch in der Kirche Teilnehmer, blieben aber, bis es dunkel wurde, des Sabbats wegen zu Hause und fuhren erst dann unauffällig in die Diehlsche Mühle, um noch ein wenig am Fest teilzuhaben. Mutter Johanna und alle Geschwister Almas waren mit ihren Familien, soweit vorhanden, natürlich der Einladung gefolgt. Ernst hatte zur seiner und seiner Eltern Entlastung einige Helfer aus Attenhausen besorgen können. Und er selbst hatte nun eine Begleiterin, die Kleine des Schönborner Bauern. Das war eine patente fröhliche Person, die sicherlich ein großer Gewinn für die Familie werden würde.

## Therapiequalen

Da ihre Koblenzer Schwiegertochter Hermine Anfang Januar noch Schulferien hatte, hatte sie sich angeboten, Alma abzuholen und sie für die nächste Medikamentengabe der harten Chemotherapie ins Krankenhaus zu bringen. Sie merkte schnell, dass ihre Schwiegermutter heute besonders brummig war und überlegte sich, was denn los sei. Ohne fragen zu müssen, verstand sie die alte Frau. Selbst in ihrem achtzigsten Lebensjahr hatte Alma nicht damit gerechnet, dass sie einmal schwach oder krank oder beides werden könne. Ihr ganzes Leben lang hatte sie mit einer verblüffenden Gesundheit und Kraft alle Umstände ihres bewegten Lebens gesteuert. So war es nicht besonders verwunderlich, dass sie jetzt doch manchmal mit ihrem Schicksal haderte. Musste gerade sie sich nun als alte Frau noch mit einer Krebserkrankung herumplagen? Anders als Anfang Dezember war sie heute wohl ziemlich daneben und rebellisch gegen ihre Situation. Hermine berichtete nach dieser Erkenntnis wie beiläufig von ihrer Arbeit in der Förderschule für Körperbehinderte in Neuwied-Engers. Sie beschrieb schwer belastete Kinder, die eine erstaunliche Fröhlichkeit und Zufriedenheit ausstrahlten. Kinder, von denen sie gelernt habe, Lasten ohne Murren zu tragen, weil es denen nach allgemeinem Urteil doch so schlecht gehen müsse, aber durchaus außerordentlich gut gehe. Sie zehre regelrecht von der Zufriedenheit, der Freude und der Dankbarkeit ihrer schwerbehinderten Schüler. Bis im Krankenzimmer war Alma ungewöhnlich schweigsam. Als ihr Hermine aus dem Mantel geholfen hatte, umarmte sie diese plötzlich. „Ich danke dir, Kind, dass du mir das erzählt hast. Ich will aufhören zu klagen. Ich will dankbar sein, dass ich so viele gute und reiche Jahre habe erleben dürfen, und dass ich euch alle habe. Was will ich mehr?"

Sie verabschiedete ihre jüngste Schwiegertochter fröhlich, kleidete sich um und legte sich zufrieden in ihr Krankenbett. Diese Schwiegertochter war ohnehin eine kluge und sehr warmherzige Frau. Albert, Almas Jüngster, hatte sie bei einer studentischen Informationsveranstaltung als Zuhörerin kennengelernt. Er hatte in Bonn einer interessierten Zuhörerschaft aus verschiedenen Studiengängen einen Überblick über biologische Baustoffe zu geben gehabt. Nach der Veranstaltung war diese Hermine Schulz zu ihm ans Auto gekommen, als er gerade losfahren wollte. Sie hatte kluge Fragen, für die im Hörsaal keine Zeit gewesen war. Kurzerhand bat er sie in seinen Wagen und erfragte ihr Ziel. Während der Fahrt könne man ja Fragen klären. Ihr Ziel war Koblenz, sein Arbeits-

und Wohnort. Das Gespräch wurde so interessant, dass er sie noch zum Abendessen in ein ihm bekanntes Lokal am Rhein einlud. Sie nahm dankend an, lächelte aber seltsam bei der Antwort. Als sie das Lokal betraten, kam der ihm wohlbekannte Wirt auf sie beide zu – und umarmte seine Begleiterin. „Guten Abend, Papa, darf ich dir Herrn Diehl vorstellen, der heute bei uns in der Uni eine Veranstaltung geleitet hat, die ich besucht habe?" Albrecht Schulz lachte. „Als ob ich den Albert nicht kennen würde. Der hockt doch fast jeden Samstag hier bei mir an der Theke."

Hermine hatte ihr Studium noch lange nicht fertig, da waren die Beiden schon verheiratet. Und trotz ihrer beiden Töchter Antje und Karin hatte sie ihr Studium recht schnell beendet und war zumindest stets teilzeitig, jetzt aber längst wieder vollzeitig als Förderlehrerin tätig. Antje war schon als kleines Kind ein Bücherwurm. „Vom Bilderbuch zur Weltliteratur", alberte Albrecht Schulz, weil seine Enkeltochter ihre Freizeit nicht ohne ein Buch in der Hand zubringen mochte. So war es nur konsequent, dass sie nach ihrem Abitur eine Ausbildung zur Bibliothekarin absolvierte und dann in der Mainzer Universitätsbibliothek arbeitete. Sie hatte keinen Partner und schien damit ganz zufrieden, bis ihr zu ihrem vierundzwanzigsten Geburtstag ihre drei

Kolleginnen eine kleine Feier in einer historischen Altstadtkneipe vorbereitet hatten, zu der zwei mit ihren Freunden und die dritte mit ihrem Ehemann ankamen. Dieser Ehemann, ein aus Stuttgart stammender wissenschaftlicher Assistent, hatte seinen älteren Bruder mitgebracht, der gerade aus Freiburg, wo er seit Kurzem als Professor lehrte, zu Besuch gekommen war. Es ergab sich – vermutlich von der Kolleginnengruppe entsprechend geplant –, dass Antje und dieser Klaus Bär nebeneinander zu sitzen kamen. Allerlei kluge Gespräche und ein perfekt ausgewählter Rheinhessischer Wein zum Essen bewirkten, dass beide gar nicht wahrnahmen, wie sich die drei anderen Paare völlig von ihnen in ihren Gesprächen absetzten. Als sich bei Betriebsschluss dann alle verabschiedeten, hatten die Beiden sich für den nächsten Tag, einem Samstag, zu einer Rheinschifffahrt verabredet. Als das Wochenende vorbei war, gab es schon eine Einladung von Klaus zu ihm nach Freiburg. Und so nahm das Ding seinen Lauf und führte dazu, dass Antje seit 1994 als Frau Bär in Freiburg lebte, ihrem Klaus zwei süße Töchterchen geboren hatte und nun vorerst einmal vollzeitlich Hausfrau spielte, was ihr erstaunlich viel Freude zu machen schien. Klaus verdiente gut, so genoss sie die Freiheit, Carla und Sandra in Vollzeit zu versorgen. Und Zeit zum Lesen blieb ihr auch.

Ihre knapp drei Jahre jüngere Schwester Karin war der komplette Gegenentwurf. Lebensfroh, sportlich, immer bei irgendwelchen sozialen Beschäftigungen engagiert war sie bereits als Kind in einen großen Freundeskreis eingebettet. Dass sie nach einer Ehrenrunde in der Klasse 11 doch noch ein gutes Abitur schaffte, verdankte sie der Tatsache, dass sich mit dem Referendar Thomas Keller aus ihrer Schule ein begabter Helfer fand, der ihr mit der entsprechenden Nachhilfe zur Seite stand. Gegen Ende des Abiturballes waren ihre Eltern und ihre Schwester schon müde aufgebrochen. Karin hatte ab etwa Mitternacht nur noch mit Thomas Keller getanzt, hatte von ihm das „Du" angeboten bekommen und war dann mit ihm zur Garderobe gegangen, um sich die Jacken zu holen und ein wenig auszulüften. Natürlich wegen der Kühle der Nacht nahm Thomas sie fest in die Arme. Wegen seiner inneren Hitze musste er sie aber endlich leidenschaftlich küssen, wonach ihm schon seit Wochen der Sinn gestanden hatte. Dass sie sich aber dann noch bereitwillig von ihm in seine nahe gemütliche Junggesellenwohnung abschleppen ließ und die ganze Nacht bei ihm blieb, hatte er wohl doch nicht erwartet. Dagegen hatte er aber nichts einzuwenden. Hermine und Albert vermissten sie natürlich am nächsten Morgen, wussten aber durchaus, wo sie abgeblieben war. Albert lachte:

„Wie meine Mutter. Was sie will, das kriegt sie auch." Und wie seine Frau schaffte sie es dann, auf Lehramt zu studieren, zwischendrin zwei Kinder zur Welt zu bringen und ein perfektes Examen abzulegen. Jetzt, nach der Geburt ihres zweiten Sohnes Jens, wollte sie zuerst einmal für Kai und ihn zu Hause bleiben. Da sie einen Beruf erlernt hatte, der sich schon mit Nachwuchssorgen quälte, war ihr und ihrem Thomas nicht um die Zukunft bange.

Die dritte Medikamentengabe belastete Alma schwer mit Übelkeit und einem extrem hohen Schlafbedürfnis. Die Oberärztin erklärte ihr am Folgetag, dass ihre körpereigenen Immunkräfte sich viel Mühe gäben, den Zustrom und die Wirkung dieser fremden Substanz zu verhindern. Ein anderes Präparat zu versuchen, sei aber nicht die Lösung. Man werde jetzt ein Zusatzmedikament geben, dass diese Immunisierungskraft des Körpers etwas einschränke. Nur müsse sie dazu etwas länger in der Klinik bleiben.

## SA marschiert

In der Woche nach der Hochzeit hatte Otto noch Heiratsurlaub und genoss mit Alma ihre kurze Zweisamkeit in vollen Zügen. Am frühen Freitag wurden sie durch einige ungewohnte Geräusche geweckt. Otto zog sich schnell an, weil er wissen wollte, ob da ein für Montag erwarteter Kunde schon vorzeitig anrückte, was bisweilen vorkam. Alma und er waren ja jetzt verantwortlich. Es war aber ein unbekannter kleiner LKW, der inmitten der Hofeinfahrt stand. Auf die Pritsche war eine Stehleiter gestellt, von der aus ein Arbeiter über dem Tor das hellblaue Firmenschild mit der schwarzen Schrift „Landhandel und Transport Adel Morgenthal" abschraubte und ein identisch großes Schild montierte. Noch ehe sich nun auch Alma angekleidet hatte und beide hinunter stiegen, um zu sehen, was das zu bedeuten hätte, war die Leiter zusammengepackt und der Wagen mit den beiden Männern auf und davon. Die Flitterwöchner liefen auf die Straße und erblickten ein dunkelrotes Firmenschild mit knallgelber Aufschrift „Landhandel und Transport Alma Diehl". Ruth rief aus dem Haupthaus „Kommt heute zu uns zum Frühstück!", und mit diesem wurde nun das letzte Geschenk der ursprünglichen Eigentümer feierlich eingeweiht.

Esther hatte immer noch mit heftigen Anfällen von Erbrechen zu schaffen, während sich Alma gesund fühlte wie ein Fisch im Wasser. Trotzdem gelang es, regelrechte ausführliche Lehrstunden in Kalkulation, Buchführung und allerlei Preisgestaltungspraktiken abzuhalten, mit denen Adel und Esther die neue Firmeneigentümerin in alle Bereiche ihrer Arbeit endgültig hinein führten. Die lernte schnell, Zahlen waren ja immer ihre Welt gewesen. Nachmittags fuhr sie dann mit dem kleinen LKW weiterhin die Kundentouren, die weniger geworden waren. Als die Stammkunden erfuhren, dass der Handel nun ihr gehöre, war eine gewisse Erleichterung zu spüren. David war jeweils mit dem Traktor unterwegs, wenn es bei den Bauern Waren abzuholen gab. Das war im Frühsommer ohnehin selten, fiel aber inzwischen fast völlig weg. Die Bauern kamen selbst gefahren und lieferten an. Nur keine Kontakte mehr mit der jüdischen Familie, die SA und die Gestapo beobachteten offensichtlich deren Dasein. Besonders interessiert waren die beiden Brüder Horst und Klaus Kern, die in früheren Jahren lange bei Morgenthals beschäftigt gewesen waren. Beide trugen nun die braunen Hemden und Mützen der SA, und niemand wusste so recht, womit sie eigentlich ihr Geld verdienten. Sie fuhren morgens mit ihren Motorrädern Richtung Nastätten, tauchten dort aber erst nach Feierabend bei den täglichen

Versammlungen der SA-Mitglieder auf. Während Horst, der Ältere, inzwischen die Kinder außer Haus hatte, beide Söhne waren Soldaten, waren die noch recht kleinen beiden Töchter, die mit Klaus und seiner unterdrückten Frau am Dorfrand wohnten, im Dorf als ängstlich, aber auch diebisch verrufen. Pfarrer Hahn suchte zu helfen, kam aber nicht an die Familie heran. Sichtlich trank Klaus auch regelmäßig zu viel.

Alwine Debusmann besuchte nun wöchentlich einmal die beiden schwangeren jungen Frauen. Esthers Übelkeit hatte sich verloren, sie war aber nicht besonders spannkräftig und schlief viel. Beide hatten inzwischen richtig prächtige Kugelbäuche und freuten sich von Herzen auf ihren Nachwuchs. Im September benötigte Alma angesichts dieses Bauches einen Helfer für den Transport. Heinrich Debusmann hatte das vorausgesehen. Da nun sein Sohn und seine tüchtige Schwiegertochter die Landwirtschaft sehr gut alleine betreiben konnten, bot er sich selbst als Aushilfe an, bis die Geburten überstanden und die jüdische Familie endlich ausgewandert wäre. Ein besseres Angebot hätte Alma gar nicht bekommen können und sagte sofort dankbar zu. Wenige Tage später untersuchte Alwine wieder einmal die beiden jungen Frauen. Erleichtert stellte sie fest, dass Esther doch langsam stabiler wurde und sie sich keine Sorgen mehr um deren Geburt machen musste. Etwas anders war das bei Alma. Zu ersten Mal hörte die erfahrene Hebamme zwei verschiedene Herzen schlagen. Kein Wunder, dass Alma so auffällig dick geworden war. Da meldeten zwei, dass sie das Licht der Welt erblicken wollten. Alwine hatte zwar schon mehrfach Zwillingen ins Leben verholfen, und nur einmal hatte es Probleme gegeben, aber ganz ohne Sorgen ließ sie diese Erkenntnis nicht, obwohl Alma stark und gesund war.

Almas Mutter Johanna kam in unregelmäßigen Abständen, um nach ihrer Jüngsten zu schauen und das Eine oder Andere zu erledigen, was dieser schon beschwerlich wurde. Als sie einige Tage nach Alwines Zwillingsentdeckung wieder einmal von Rudi gebracht wurde, erfuhr auch sie diese Neuigkeit. Sie hätte den Weg von zu Hause in gut anderthalb Stunden zu Fuß zurücklegen können, fand es aber durchaus angenehm, sich dann von ihrem Nesthocker mit seinem schönen Auto, das ihm sein Bruder Heinrich vor Kurzem besorgt hatte, transportieren zu lassen, wenn er Zeit hatte. Sofort fasste sie nun den Beschluss, sich bis zur Geburt und auch für die Zeit danach bei Alma einzuquartieren. Sie äußerte diese Entscheidung zur großen Freude ihrer Tochter und auch zu Ruths Erleichterung in deren Beisein. Die zeigte nun, dass inzwischen ganz viele ihrer wertvollen Möbel in Kisten verpackt in den ehemaligen Pferdeställen standen, um beim Umzug in die Schweiz per Rheinschiff dorthin verfrachtet zu werden. Die Küche solle für Alma so bleiben, das Esszimmer auch. Und die Betten mitzunehmen habe ohnehin keinen Sinn. Sofort gingen die praktischen Frauen an die Arbeit, das Haus so umzuräumen, dass das bisherige Bernstein-Schlafzimmer im ersten Stock nun für Ruth und Adel blieb und dort nebenan das Gästezimmer für Johanna eingerichtet wurde. Im Erdgeschoss war jetzt das ehemalige Schlafzimmer der Eltern für Esther und David verfügbar. Im leer geräumten Salon auf der anderen Seite des Treppenhauses wurde für die Diehls das große Bett aus der Knechtwohnung aufgebaut. Trotz der religiösen Regeln, die der jüdische Teil dieser Wohngemeinschaft streng einhielt, hatten die beiden werdenden Großmütter das Vertrauen, gemeinsam mit der schwierigen Situation zurechtkommen zu können. Als Rudi seine Mutter wieder abholen wollte, fuhr sie mit ihm nur nach Hause, um für sich das Nötigste zu packen. Dann ging es wieder zurück. Alma und Esther waren von diesen Aktionen völlig überrumpelt, aber auch sehr erfreut.

Alwine war erleichtert, dass nun für beide Gebärenden die Mütter verfügbar und die Betten im Erdgeschoss waren. Ihr Mann würde Adel und David schon über die Zeit bringen. Otto bekam erst Urlaub, wenn die Geburt vorbei war. Er wusste noch gar nichts von der Zwillingshoffnung. Obwohl Alwine gerechnet hatte, die Zwillinge kämen etwas früher als das Bernsteinchen, begannen die Wehen bei beiden Frauen fast gleichzeitig am frühen Abend des 8. November. Es war kurz nach Mitternacht, als Ruth ohne große Besonderheiten einen kleinen Jungen zur Welt brachte.

Es wurde aber schon langsam hell, bis sich dann der erste Zwilling heraus wagte. Es war ein Mädchen. Nur wenige Minuten später kam dann der zweite, das war aber ein Junge. Beide waren genau so in Ordnung wie der kleine Mann im anderen Zimmer. Durch die Hilfe der beiden Großmütter, die recht umsichtig zu Werke gingen und jede Anweisung der Hebamme sofort befolgt hatten, waren es für alle Beteiligten eigentlich ganz entspannte Geburten, wenn auch beide Mütter, eine infolge ihrer vorigen schwächelnden Gesundheit, eine durch den Doppelpack, reichlich erschöpft waren und zwischen ihren eigenen Mahlzeiten und dem Stillen ihrer Kinder ständig schliefen. Wunderbar war, Alma hatte von Anfang an genügend Milch, beide Säuglinge satt zu bekommen. Heinrich Debusmann gab telefonisch in der Kaserne bekannt, Otto sei Vater geworden. Man sagte ihm, er werde dann vorschriftsgemäß ab genau Null Uhr am 11. November Sonderurlaub bekommen, sogar zwei ganze Wochen lang.

In Nastätten hatten sich in den letzten Tagen gegenüber den beiden verbliebenen und noch dort lebenden jüdischen Kaufmannsfamilien mehrere Übergriffe auf deren Eigentum ereignet. Der vorläufige Höhepunkt der antijüdischen Ausschreitungen wurde am Abend des 10. November 1938 erreicht. SA-Angehörige holten alle noch vorhandenen Juden aus ihren Wohnungen und schleiften sie, teilweise unter Misshandlungen, zur Synagoge. Zwei der Männer bewachten sie, der Rest schwärmte aus, auch noch die wenigen jüdischen Bewohner des gesamten Blauen Ländchens zusammenzutreiben. Unter den Augen der Bevölkerung warf man sie brutal auf LKW-Pritschen und karrte sie in der Synagoge zusammen.

Das letzte Ziel war kurz vor Mitternacht Almas Betrieb. Vom LKW sprangen vier SA-Männer, zwei davon die Brüder Kern, die wussten, dass Morgenthals und Bernsteins noch vor Ort waren, und die sich auch im Haus hervorragend auskannten. Johanna durchschaute trotz ihres Schreckens die Situation sofort und brachte zusammen mit der ebenfalls heftig erschrockenen Hebamme die in der hektischen Situation wimmernden Säuglinge eilig nach oben. Sie legten die Kinder auf ihr Bett. Alwine blieb bei ihnen. Die SA-Männer stürmten inzwischen mit Gebrüll in das große Haus. David wollte Esther einen Mantel überwerfen und Strümpfe und Schuhe anziehen. Horst Kern schlug ihm ins Gesicht und schrie „Nix da, sofort raus mit der Judenschlampe!" Auf dem Flur stand plötzlich wachsbleich Alma. Zu keinem Wort fähig. Esther flüsterte „Bewahre unsere Kinder!", und wurde dann mit David zusammen die Vortreppe hinuntergestoßen. Die beiden jungen SA-Männer, die am Wagen geblieben waren, warfen beide Bernsteins unter die Plane, Esther nur mit dem Nachthemd bekleidet. Inzwischen hatte Klaus Kern die Morgenthals ebenfalls aus dem Haus getrieben und den jungen Kerlen zum Aufladen übergeben. Sein Atem stank widerwärtig nach Schnaps. Die jüngeren Männer schickten sich an, die Fensterscheiben des Hauses zu zerstören, Horst Kern aber hinderte sie daran. „Die Firma ist keine Judenfirma mehr. Wenn wir da Schäden anrichten, müssen wir haften!" Die vier SA-Männer sprangen daraufhin in und auf den Wagen, Horst Kern warf den Motor an und mit quietschenden Reifen fuhr der LKW los. An der kleinen Synagoge wurde kurz Halt gemacht. Dort warfen die jungen Männer nun die

Scheiben ein. Und dann brauste der grausige Transport Richtung Nastätten zu Tal.

Am 11. November wurden die in der Synagoge gefangenen Juden ins KZ Buchenwald abtransportiert. Anschließend demolierten SA-Männer und Sympathisanten die Inneneinrichtung der Synagoge. Dass Esther den Transport nach Buchenwald nicht überlebte, war eine Gnade. So musste wenigstens sie die schrecklichen Wochen bis zum Weitertransport und der Gaskammer nicht mehr erleben.

Johanna hatte Alma wieder in ihr Bett gebracht. „Bringt mir bitte die Kinder, die muss ich doch jetzt alle drei stillen." Als Johanna wieder hereinkam, hatte sie das Mädchen auf dem Arm, Alwine trug einen der Jungen. Beide waren kreidebleich. „Kind, einer der Buben ist tot. Er hat während des Gebrülls der Nazis ganz plötzlich nicht mehr geatmet. Alwine konnte ihn nicht wieder beleben. Aber wenigstens hat sie ihn notgetauft." Alma schauerte. Dann nahm sie alle ihre Kräfte zusammen, legte an jede Brust eines der kleinen Würmchen und spürte erleichtert den Eifer, mit dem beide zu saugen begannen. Wenigstens diese zwei Menschlein hatten die Katastrophe überlebt. Und das rhythmische Nuckeln der Kleinen erfüllte sie mit Dankbarkeit und einer langsam erwachenden Freude.

**Aufwind**

Wie ein Geschenk des Himmels erschien es Alma und ihrer großen Familie, dass ihr das neue Zusatzmedikament tatsächlich die Chemotherapie besser zu verkraften half. Schon nach wenigen Tagen fühlte sie sich nicht nur erheblich besser, sondern zeigten auch ihre Laborwerte, dass die Abwehrkräfte des Körpers wieder fast normal arbeiteten. Susannes Mann Dieter fuhr am Entlassungstag direkt nach der Beendigung seines Nachtdienstes über den Rhein, um sie nach Hause zu holen. Als neuste Nachricht berichtete er, dass Ute und Jürgen am Vortag wieder Eltern geworden seien. Lisa habe ein Brüderchen bekommen, das Paul heißen solle. Dann stieg er unter die Dusche und kroch zufrieden in sein Bett, um einigermaßen ausgeschlafen zu sein, wenn die Kinder und kurz darauf Susanne nach Hause kamen. Als Alma das Haus betrat, fand sie Irmgard und Friedhelm in der großen Küche bei einer kleinen Frühstückspause und ließ sich gerne mit einer Tasse Tee verwöhnen. Die ostfriesischen Zwillinge hatten im Lauf der Zeit die Großmutter ihrer Männer, die stets an Neuem interessiert war, zur Teetrinkerin bekehrt. Irmgard hatte daraufhin eine Quelle für echten Ostfriesentee aufgetan und trank inzwischen selbst immer einmal gern eine gute Tasse. Friedhelm jedoch war nicht von seinem geliebten Kaffee abzubringen.

Alma war in den letzten Tagen bescheiden geworden. Es war für sie nun wieder ein Aufschub und die Gewährung weiterer Lebenszeit, die sie mit ihren Nachkommen so reich wie möglich füllen wollte. So saß sie ganz still mit Friedhelm und seiner Frau zusammen und lauschte aufmerksam einer Neuigkeit, die sie gerade zu besprechen begonnen hatten. Schon vor Jahren hatte sie, damals noch mit Otto, eine feste vertragliche Zusammenarbeit mit der Wiesbadener Spedition Wegener aufgebaut, die mindestens doppelt so viele Lastzüge laufen hatte, wie sie. Rolf hatte dann später dort seine Ausbildung genossen. Nun war vor wenigen Jahren etwas geschehen, womit sicherlich niemand gerechnet hatte. Der Juniorchef Bernhard Wegener, der Rolf ausgebildet hatte, war an MS erkrankt. Einige Jahre war es ihm und seiner tüchtigen Frau gelungen, die Leitung des Betriebes wie bisher zu stemmen, aber inzwischen ging es sowohl mit Bernhards Gesundheit als auch infolgedessen mit dem ganzen Unternehmen langsam, aber deutlich bergab. Und Bernhards Eltern waren beide über Siebzig und hatten sich zurück ziehen müssen. Friedhelm war nun am Vortag dort gewesen, um die nächsten Wochen durchzuplanen, eigentlich ein

Routinebesuch. Jetzt aber hatten ihn Bernhard und Julia Wegener direkt gefragt, ob er sich vorstellen könne, ihnen ihren Betrieb abzukaufen. Wenn er das wolle, würden sie auf eine Ausschreibung verzichten und mit dem Preis unter der Schätzung bleiben, die ihnen nun vorläge. Seine Antwort war natürlich, er wolle das alles erst einmal in Ruhe mit Irmgard und seiner Mutter durchsprechen und dann zu einer Entscheidung Rolf und Karola ins Boot holen, deren Zukunft ja damit stark vorbestimmt werde. Alma war sofort in ihrem Element. „Die wichtigste Frage ist, haben wir genügend flüssige Eigenmittel, und bekommen wir einen bezahlbaren Kredit?" Unternehmerisches Denken hatte sie hart lernen müssen und beherrschte es noch immer perfekt. „Die zweite Frage ist, wo wird der Standort sein? Wenn der in Wiesbaden bleibt, muss dort ein zuverlässiger Zweigstellendisponent sitzen. Wo gibt es einen solchen? Und dann ist die entscheidende Frage, ob unsere jungen Leute das unter den gegebenen Bedingungen stemmen wollen und können." Friedhelm hatte die aktuelle wirtschaftliche Situation der Spedition Diehl am Vorabend noch einmal sorgfältig durchgerechnet. Er könnte ein Drittel des veranschlagten Kaufpreises in wenigen Tagen flüssig machen. Eine größere Investition stand nicht bevor, alle Züge waren entweder neu oder erst drei Jahre alt. Die kleinen Fahrzeuge waren außer dem Unimog noch lange nicht abgeschrieben, und dieser war so robust, dass der auch noch als Nullnummer eine Menge Geld verdienen konnte, zumindest im Winter. Die Anfrage bei der Hausbank werde er am Nachmittag persönlich vornehmen, wenn die Sache mit der nächsten Generation besprochen sei. Er habe schon ein Gespräch nach dem Mittagessen verabredet. Den Standort Wiesbaden wolle er auf jeden Fall gerne erhalten. Vielleicht kenne Rolf einen zuverlässigen Menschen für die Leitung der Zweigstelle.

Das Angebot der Wegeners kam für Rolf und Karola nicht ganz unerwartet. Der gesundheitliche Abbau seines ihm vertrauten Ausbilders war Rolf 50 nicht entgangen. Karola und er waren bereits im Herbst einmal mit den Kindern dort zu Besuch gewesen und heftig über Bernhards Zustand erschrocken. Da hatte dieser „schon etwas um die Ecke herum" Fragen zur Zukunftsplanung der jungen Diehls gestellt, wie Karola auf dem Heimweg feststellte. Sie hatten sich ihren Reim darauf gemacht. Sie hatten deshalb schon darüber nachgedacht und sich entschieden, wenn die Bank mitspiele, einen Kauf zu wagen. So konnten sie unter diesem Vorbehalt zustimmen, die Sache anzugehen. Die Frage nach einem geeigneten Leiter der Zweigstelle hatte sich Rolf auch schon gestellt. So kam prompt seine Frage „Wisst ihr eigentlich, wo

der Alex aktuell lebt und arbeitet?" Alexander
Wagner war ein Enkel von Ottos Bruder Ernst. Er
hatte bei Rhenus Midgard in Lahnstein eine gute
Ausbildung als Speditionskaufmann in der
Binnenschiffahrt genossen, dort einige Zeit
gearbeitet und mit einer erheblich älteren
geschiedenen Industriekauffrau aus Braubach
zusammen gelebt. Vor etwa einem halben Jahr hatte
er sich von ihr getrennt und war weggezogen. Seinen
Verbleib wollte Alma bei seinen Eltern am
Nachmittag erfragen.

Die Kreditanfrage Friedhelms wurde am nächsten
Tag interessiert entgegengenommen und sechs
Stunden später, nach Rückmeldung der Zentrale,
positiv beschieden. Ernsts Tochter hatte Alma am
Nachmittag telefonisch mit der Adresse ihres Sohnes
versorgt und erzählt, er arbeite immer noch bei
Rhenus, jetzt aber in Mainz-Gustavsburg auf der
Wiesbadener Rhein-Seite. So recht zufrieden sei er
nicht, habe aktuell aber wohl keine andere Wahl.
Gute Arbeitsplätze seien bekanntlich selten. Die
Männer hörten diese Nachricht mit großer Freude.
Rolf wollte nun am Abend mit seinem Vetter
telefonieren und ihm ein Angebot unterbreiten, das
ihm vielleicht doch eine andere Wahl biete. Wenn
sich mit diesem zuverlässigen jungen Mann der
Betrieb in Wiesbaden vernünftig betreiben ließe,

stand einem Kauf der Spedition Wegener nichts mehr im Weg. Um Aufträge mussten sich die Eigentümer der Spedition Diehl ohnehin vorerst keine Sorgen machen. Und sowohl im Taunus als auch am Rhein würden sie ihre Fahrer weiterhin ordentlich bezahlen können und nicht so stressen, wie das allmählich in der Branche üblich zu werden schien.

## Neubeginn

Otto setzte sich pünktlich nach Mitternacht auf sein Motorrad und fuhr nach Hause. Für die beiden jungen Mütter hatte er schon einige Zeit vorher ein kleines Geschenk besorgt, ein schlichtes Kettchen mit einem leichten Anhänger. Nichts Edles, aber hübsch. Es war erst kurz nach Zwei, als er vor dem verschlossenen Tor ankam. Er stieg von der Maschine und öffnete einen Flügel so weit, dass er hinein fahren konnte. Er stellte das Motorrad ordentlich neben den Mercedes und sprang im fahlen Mondlicht zur Knechtwohnung hinauf. Auch ohne Licht zu machen, sah er sofort, dass in der anderen Stube kein Bett mehr stand. Wohnen wir jetzt auch schon drüben? Als er die Treppe herunter kam, wartete dort der Bürgermeister.

Heinrich Debusmann hatte kein Auge zugetan, er hatte gewacht, ob die SA-Männer vielleicht doch noch zurückkämen, und sich auf seine Bürgermeisterautorität verlassen. Aber alles war ruhig verblieben. Heinrich nahm Otto mit in die Küche und berichtete ihm von den drei Neugeborenen, von den dramatischen Szenen der Nacht, der Verschleppung der beiden jüdischen Ehepaare und dann auch von dem Tod des kleinen Buben. Sie verabredeten, am Tag mit Pfarrer Hahn die Bestattung des kleinen notgetauften Säuglings zu besprechen. Auch sollte der standesamtliche Geburtseintrag der Zwillinge endlich erledigt werden. Sie wollten nun mit aller Kraft die fürchterlichen Ereignisse hinter sich lassen und nach vorne schauen. Otto schlich dann leise in den ehemaligen Salon, wo seine Frau nach Heinrichs Beschreibung zu finden war. Im Schein zweier großer Kerzen sah er Alma friedlich schlafen, zu seiner Verwunderung ohne jedes Anzeichen, dass die nächtlichen Ereignisse Spuren hinterlassen hätten. Plötzlich schlug sie ihre Augen auf und sah, dass er gekommen war. Und nun liefen ihr doch dicke Tränen über ihr Gesicht. Es waren Tränen des Zorns, denn es brach aus ihr heraus: „Diese verdammten Mordknechte! Eines unserer drei Kinder ist tot!" „Ich weiß. Heinrich hat mir alles erzählt. Umso mehr wollen wir die beiden Kleinen behüten und lieben. Du musst doch total fertig sein, wie geht es dir denn?" „Ich war zuerst völlig zerstört nach dem grässlichen Überfall. Die Kerns waren so brutal. Aber dann wusste ich auf einmal, dass ich nach vorne schauen muss, dass die Kinder uns brauchen, dass wir uns unserer Verantwortung stellen müssen. Und als ich die Kleinen dann gestillt habe, wurde es in mir selbst ganz still. Es hat mich so sehr befriedigt, dass ich wenigstens ihnen ihr Leben erhalten und aufbauen kann. Da konnte ich dann richtig fest schlafen, was mich selbst erstaunt. Und nun bist du ja erst einmal hier, da wird alles noch viel leichter." „Wo sind die Kleinen denn jetzt?" „Mutter hat sie im Schlafzimmer gewickelt und in die Steckkissen gepackt, die Esther und ich vorbereitet hatten. Sie liegen sicher drüben im großen Bett. Die Türen sind beide offen, ich soll sie wohl hören können. Ob Mutter zum Schlafen gekommen ist, weiß ich gar nicht. Die Alwine Debusmann ist jedenfalls irgendwann völlig erschöpft nach Hause. Und der gute Heinrich hat uns alle bewacht."

Otto mochte seine Schwiegermutter in keinem Fall stören, und auch die Kinder sollten schlafen. Also schlich er leise über den Flur, um sich die Kleinen wenigstens einmal anzuschauen. In einem der beiden aneinander stehenden Betten lagen die beiden Säuglinge in ihren Steckkissen, von Johanna sorgfältig Kopf an Kopf gebettet. Sie selbst lag, ohne ihre Kleidung ausgezogen zu haben, unter einer Wolldecke auf dem anderen Bett und schlief so fest, dass sie noch nicht einmal wach wurde, als kurz darauf beide Kinder fast gleichzeitig aufwachten und anfingen zu weinen. Otto war sich sofort sicher, das war Hunger. So nahm er nacheinander die beiden Bündel vorsichtig auf den Arm und brachte sie Alma, die sich schon hingesetzt hatte und nun wieder beide Quaker gleichzeitig zu stillen begann. Otto saß auf der Bettkante, genoss diese friedfertige Szene und vergaß darüber fast all die grässlichen Dinge, die er gerade erst erfahren hatte. Schon Wochen zuvor hatten die Paare Bernstein und Diehl ein scherzhaftes Duell ausgefochten, wer wohl zuerst über Namen für die jeweils Ungeborenen einig geworden sei. Esther und David waren um einen Tag schneller gewesen, ein Mädchen solle den Namen beider Omas „Ruth" erhalten, ein Junge solle „Jakob" genannt werden. Beide Vornamen seien jüdisch genug, aber doch auch eher allgemein. Dadurch vermutlich für ein ruhiges Leben in der Schweiz gut geeignet. Alma und Otto hatten erst zahlreiche Möglichkeiten in der engeren Wahl gehabt, sich aber endlich für die Namen „Helene" und „Berta" oder „Friedhelm" und „Albert" entschieden. Jetzt hatten sie nun ein Pärchen, also Helene und Friedhelm. Und der kleine Jakob musste weder ungetauft noch namenlos begraben werden. Nach dem Stillen fühlte sich Alma kräftig genug, aufzustehen und ihre Kinder zu wickeln, ohne dass sie ihre Mutter wecken musste, die wie ein Murmeltier schlief. Heinrich hatte sich verabschiedet und wollte versuchen zu Hause noch etwas Schlaf zu bekommen. So legte Otto die Zwillinge wieder in ihre Kopf-an-Kopf-Lage neben die erschöpfte Großmutter und kroch dann zu seiner Frau, um selbst wie auch sie bis zum nächsten Stilltermin einigen Schlaf zu bekommen. Die Kinder erwiesen sich als gut gesättigt und erstaunlich auf einander abgestimmt.

Es war schon fast zehn Uhr, bis sie wieder fast gleichzeitig ihren Hunger anmeldeten. Johanna war sofort wach und rieb sich verwundert die Augen, als sie durchs Fenster sah, dass die unschuldige Herbstsonne schon ziemlich hoch über dem Horizont stand. Sie hob schnell das erste Steckkissen vom anderen Bett und stellte dabei fest, auf diese Seite hatte sie das Mädchen gelegt und nun den Jungen auf dem Arm. Sie konnte sie schon am Gesichtchen unterscheiden, die kleine Helene hatte einen runderen Kopf und trotz des schwarzen Haarwuschels die graugrünen Augen ihres Vaters. Friedhelm dagegen hatte ein etwas schmaleres Köpfchen und unter den schwarzen Härchen die dunklen Augen wie Alma. Die Vertauschung der Kinder auf dem großen Bett zeigte ihr, mindestens einmal Stillen und vermutlich auch Wickeln hatte sie glatt verschlafen. Als sie mit dem kleinen Wicht hinüber in das andere Schlafzimmer kam, hätte sie beinahe laut aufgelacht. Otto lag in voller Montur neben seiner Frau. Alma hatte sich fest an ihn geschmiegt, und beide wirkten im Schlaf so zufrieden, als habe es diese schreckliche Nacht gar nicht gegeben. Schnell weckte sie ihre Tochter und holte dann noch das Helenchen, damit wieder beide Zwillinge gemeinsam gestillt werden konnten. Otto lag daneben, ohne sich zu rühren, musste aber nun doch geweckt werden.

Johanna überließ die junge Familie dann ihrem kleinen Glück und ging hinüber in die Küche, um jetzt erst einmal einen kräftigen Kaffee aufzubrühen, ordentliche Brotscheiben zu schneiden und einen Frühstückstisch vorzubereiten. Sie bemühte sich ganz bewusst um Normalität, zu viel Nachdenken über die vergangene Nacht hätte sie völlig unfähig gemacht, ordentlich zu arbeiten. Als die Kleinen wieder sauber in ihren Kissen steckten und zufrieden eingeschlafen waren, machte Otto sich notdürftig frisch. Alma zog sich sogar auch an und kam ganz munter und kräftig mit an den Küchentisch. So konnten die drei Erwachsenen in aller Ruhe frühstücken und alle wichtigen Dinge für den Tag planen.

Otto hatte in der Kaserne einige Gerüchte gehört, in Berlin und wohl auch anderen Großstädten habe es in größerem Stil Pogrome gegen jüdische Einrichtungen und Familien gegeben Dass sich dergleichen in seinem kleinen Lebensbereich auf dem Land auch würde ereignen können, hatte seine Vorstellungskraft überschritten. In der Küche fiel ihm plötzlich Adels Volksempfänger ein, den dieser im Büro immer einmal wieder genutzt hatte, um politische Neuigkeiten rechtzeitig zu erfahren. So ging er hinüber, um vor seinem Besuch bei Debusmanns und in der Pfarrei das Neueste zu erfahren. Viel Gutes – aus seiner Sicht – war es nicht. Mit ätzendem völkischem Stolz beschrieben die Sprecher immer wieder die Nacht des 10. November als die große Leistung der SA und anderer Kräfte der Nationalsozialisten für die „Säuberung" der Nation. Das Vorgehen in dieser grausigen Woche nannte die Berliner Führung verharmlosend „Judenaktion". Unzählige Synagogen und Geschäfte waren teilweise oder völlig zerstört worden. Vielerorts hatte es gebrannt. Und unzählige noch im Reich bisher ziemlich unbehelligte Juden waren in Konzentrationslager verschleppt worden. Dass das Ziel die Vernichtung dieser Menschen war, wurde der Öffentlichkeit tunlichst verschwiegen.

Otto brach nun auf, um zuerst die Kinder standesamtlich erfassen zu lassen und dann mit Heinrich ins Pfarrhaus hinüber zu gehen, damit eine ordentliche Bestattung für den kleinen Jakob und die Taufe der Zwillinge vorbesprochen werden konnten. Eduard Hahn und seine Frau hatten aus einem Fenster ihres Pfarrhauses mit steigendem Entsetzen die Vorgänge im Diehlschen Betrieb miterlebt. Hahns schlimmste Befürchtungen hatten grausige Gestalt gewonnen. Als er nun erfuhr, dass eines der drei Neugeborenen auch noch Opfer dieser

„Judenaktion" geworden war, mochte er das Elend kaum fassen. Der Bürgermeister berichtete nun, dass der kleine Jakob von seiner Frau notgetauft worden war und so eine ordentliche Kinderbestattung stattfinden könne. Er habe den Schreiner Willi Zeiß beauftragt, einen kleinen Sarg zu tischlern, der wolle am Nachmittag die kleine Leiche einsargen. Auch der Totengräber sei bereits auf dem Friedhof am Werk. „Dann lasst uns das kleine Wesen gleich morgen früh bestatten." Hahn wollte keinen Aufschub.

Dann schlug er vor, die Taufe bereits am übernächsten Sonntag nach dem Gottesdienst im Haus Diehl vorzunehmen, damit Otto noch zugegen sein könne. Er möge nun mit seiner Frau auf Patensuche gehen. Zurück im Haus musste Otto nun mit Alma und Johanna die nächsten Tage vorbereiten. Im Geschäft waren höchstens letzte Lieferungen der Bauern entgegenzunehmen. Drei Auslieferungen waren für die kommende Woche geplant. Die konnte Otto problemlos erledigen. Eine wichtige Entscheidung war, wer denn nun um das Patenamt für die Kleinen gebeten werden solle. Für Friedhelm war das kein Problem, beide Eltern hatten große Brüder. Also sollten Heinrich und Ernst gefragt werden. Pauline würde sicherlich auch gerne Helenes Patin werden wollen, wer aber sollte von

Ottos Seite diese Aufgabe übernehmen? Früher waren es häufig die Großmütter, die als Paten infrage kamen. Das war ein bisschen aus der Mode gekommen. Seine Mutter hatte aber eine erheblich jüngere Schwester, die einen Bauern in Ebertshausen geheiratet hatte und Otto ganz vertraut war. Als Bub war er oft bei dieser Tante und ihrer Familie gewesen. Diese Anna Gemmer wäre sicher zur Patenschaft für Helene bereit.

Die Zwillinge hatten inzwischen deutlich kräftigere Stimmen entwickelt, nun fanden sie es wieder an der Zeit, ihren Hunger gestillt zu bekommen. Otto hatte Alma einen Sessel aus der Ecke des ehemaligen Salons so praktisch mit einem Kissen gepolstert, dass der nun als fester Platz für das jeweilige Stillen zur Verfügung stand. Ganz verliebt in seine Drei blieb er einige Minuten im Zimmer, ging dann aber los, um Johanna zu entlasten, die doch noch von der vergangenen Nacht recht angegriffen war. Am Tag darauf konnte Alma sogar zur Beerdigung mit auf den Friedhof kommen. Das war ihr wichtig. Nachmittags fuhr Otto dann die Runde, um die geplanten Patenschaften zu klären und alle Geschwister mit Anhang zur Taufe zu laden. Außer einer kleinen Mittagsmahlzeit in Haus war keine Feier geplant, niemand war danach zu Mute. Es war trotz allen Kummers, vielleicht aber auch gerade deswegen, eine ganz wunderbare Stimmung unter den Gästen. Der große Ausziehtisch des Esszimmers war ja im Haus geblieben, ebenfalls die dazugehörigen Stühle. Zusammen mit dem Küchentisch ergab das eine Tafel, die für alle ausreichend Platz bot. Und große Ansprüche hatte sowieso niemand.

Als Otto wieder zum Dienst fuhr, war er dankbar, dass Johanna weiterhin bei Alma bleiben wollte. Wenn Rudi ihre Hilfe brauchte, konnte er ja kommen. Und Gartenarbeit hatte er stets gerne gemacht, so würde der kleine Garten an Johannas Haus auch nicht verkommen. Die beiden Parzellen waren sowieso schon länger an ihren ehemaligen Arbeitgeber verpachtet. Alma hatte den Schreiner gefragt, ob er mit seinem Gesellen den beiden Frauen helfen könne, die Möbel wieder aus den Kisten zu packen und das große Haus, wenn auch etwas anders als zuvor, wieder ordentlich einzurichten. Willi Zeiß war über diesen Auftrag ganz froh und sagte sofortige Unterstützung zu. Alma und Otto hatten sich vorgenommen, die geschmackvolle und hochwertige Einrichtung ihrer früheren Arbeitgeber in Ehren zu halten. Auch das waren sie ihnen schuldig.

## Gnadenfrist

Rolf rief abends dann tatsächlich bei seinem Vetter an, der sofort bekundete, dass er an der gebotenen Aufgabe sehr interessiert sei. „Ich komme dann am Samstag gegen zwei Uhr zu euch, war ja lange nicht da. Ich komme aber nicht alleine, da ist wieder eine Frau im Spiel, die auch gefragt werden muss." Als Rolf dieses seinen Eltern mitteilte, meinte Hermine: „Hätte mich auch gewundert, wenn der allein geblieben wäre. Gut, wenn dann beide über die Zukunft entscheiden." Vorerst nun wurde mit spitzem Bleistift gerechnet, was Alex wohl würde verdienen können. Als Leiter und Disponent einer Zweigstelle sollte er schon ein gutes Gehalt bekommen, es musste aber trotzdem im Rahmen des Möglichen bleiben. Alma lebte mit dieser Planung der Betriebserweiterung regelrecht auf.

Der Besuch des zukünftigen Zweigstellenleiters Alexander Wagner bot gleich zwei Umbrüche für ihn. Zum Ersten wurden die Männer schnell über die Konditionen einig und konnten auch einen schnellen Einstieg des Verwandten in den Wiesbadener Betrieb vereinbaren. Er würde sofort kündigen und könne dann zum 2. Mai seine Aufgabe übernehmen. Zum Zweiten hatte er eine ausnehmend attraktive junge Frau namens Rosaria mitgebracht, die sich von all den vielen Frauen der großen Verwandtschaft der

Familie Diehl bereits äußerlich sehr unterschied. Sie hatte eine Haut, die wie Kupfer schimmerte, pechschwarze wellige Haare und tiefbraune Augen. Alma hatte ihre schwarzen Haare zwar mehrfach vererbt, die Haarfarbe dieser aparten jungen Frau wirkte aber durch ihre dunkle Haut noch dunkler. Sie sprach ein völlig akzentfreies Deutsch, wenn auch mit einem leichten rheinhessischen Zungenschlag. Ihr Vater war langjähriger Medizinprofessor in Mainz, ihre Eltern stammten aus Brasilien, sie aber war deutsche Staatsbürgerin. Sie selbst hatte Sozialwesen studiert und arbeitete im Jugendamt der Stadt Mainz. Sie waren schon einige Zeit zusammen, so hatte Alex sie auf der Fahrt in den Taunus gefragt, ob sie ihn heiraten wolle. Zögerlich hatte sie gemeint, sie möchte nun das Gespräch abwarten. Als dann alles beredet und ein Arbeitsvertrag geschlossen war, legte sie, nachdem sie die ganze Zeit still den Fortgang der Verhandlungen verfolgt hatte, Alex ihre Hand auf den Arm und sagte nur „Jetzt: ja." Diehls begriffen nicht so ganz, was sie damit ausdrücken wollte, Alex natürlich sofort. Auf dem Weg nach Hause fragte er sie, worauf genau sie gewartet habe. „Ich wollte sehen, was wir finanziell zur Verfügung haben, wenn ich nach der Heirat die Pille absetze. Ohne versorgten Nachwuchs keine Ehe!" Alex musste dann doch lachen, er hatte bisher auch nicht schlecht verdient. Er wusste aber auch, wie viel Kinderelend seiner Rosaria in ihrem Beruf begegnete. Da konnte er ihre Vorsicht schon begreifen. Und er verstand plötzlich, dass seine schöne moderne Freundin ein ganz traditionelles Familienbild in sich bewahrte, in dem Kinder ihre Mutter zu Hause haben sollten.

Alma schlief in der Nacht nach dieser Begegnung tief und fest. Sie war hochzufrieden, dass auch ihre Nachkommen verantwortlich wirtschafteten. Ihre drei Kinder hatten gute Partner gefunden und waren mit diesen zusammen geblieben. Ebenso ihre acht Enkel, was in dieser Generation schon etwas Besonderes bedeutete. Und dass sie noch fünfzehn Urenkel ohne größere Krisen in den diversen Lebensumständen ihrer Enkelfamilien hatte erleben und kennenlernen dürfen, vor wenigen Tagen noch den nassauer neugeborenen Paul, betrachtete sie als eine besondere Gnade, wie auch diese letzten Monate ihres nun unwiderruflich auslaufenden Lebenslaufes.

# Krieg und Frieden

Alma und Johanna hatten inzwischen das Haus, teilweise auch mit Otto zusammen, wenn er ein freies Wochenende hatte, für sich und die Zwillinge praktisch eingerichtet. Die Aufteilung der Räume war so gelungen, dass die junge Familie das große Erdgeschoss bewohnte, und Johanna sich das ehemalige Schlafzimmer der Bernsteins im ersten Stock zu einer behaglichen Stube umgewandelt hatte, in die sie sich manchmal ganz gerne zurückzog, wenn sie etwas Ruhe brauchte. Den Rest der Zimmer in diesem Geschoss hatten sie vorerst nicht in Benutzung. Die Zwillinge würden größer werden. Und vielleicht gäbe es ja auch noch einige Geschwister.

Das Geschäft hatte nach der Pogromnacht wieder merklich zugenommen. Nachdem sich im Umland herumgesprochen hatte, was Alma und ihre Familie mitgemacht hatten, kehrten viele Kunden zurück. Fast alle Dorfläden und Gasthöfe im Umkreis ließen sich wieder beliefern. Alma entwickelte einen Arbeitszeitplan, der es ihr ermöglichte, die Auslieferungsfahrten zwischen den Stillzeiten zuverlässig durchzuführen. Johanna versorgte perfekt den Haushalt und achtete darauf, dass es den Zwillingen an nichts fehlte. Falls ein Bauer Produkte brachte, konnte sie notfalls auf die Hilfe des

Ehepaars Debusmann zurückgreifen, meistens konnte sie aber die Sachen alleine annehmen, die Bauern waren überraschend hilfreich. Das Geschäft lief wieder richtig glatt und rentabel. So vergingen die Monate im Flug. Beunruhigend waren nur die täglichen Meldungen aus dem Volksempfänger über die politische Entwicklung. Im Frühjahr 1939 beunruhigte die Sudetenkrise. Es gab sogar eine beginnende Mobilmachung, die aber wieder abgebrochen wurde. In den Sommer hinein schien außenpolitisch jedoch wieder Ruhe eingetreten zu sein.

Otto begann sich darauf zu freuen, dass in einigen Monaten sein Wehrdienst zu Ende sein würde. Er war weiterhin in Lahnstein stationiert, wurde nach und nach speziell für schnelle Brückenschläge mit transportablen Pontons ausgebildet und hatte einen Unteroffizierslehrgang erfolgreich hinter sich gebracht. Seine Beförderung stand bevor. Er kam einmal im Monat für ein Wochenende nach Hause, und Alma rechnete eigentlich bald mit einer weiteren Schwangerschaft. Aber nichts dergleichen war zu bemerken. Ein wenig war sie darüber traurig, aber Otto meinte tröstend „Wir sind doch noch so jung. Und zwei Wonneproppen haben wir doch schon." Doch dann marschierten am 1. September die deutschen Truppen in Polen ein und die erste Etappe des Zweiten Weltkrieges begann. Ottos Kompanie wurde einem Bataillon zugeordnet, das sich für Einsätze Richtung Westen bereit halten sollte. Von einem Ende seiner Zeit bei der Wehrmacht war keine Rede mehr. Rudi wurde auch wieder eingezogen, gleich nach Schleswig-Holstein versetzt und auf einen Einmarsch in Dänemark vorbereitet. Am 10. Mai 1940 begann dann aber zuerst die Westoffensive, bei der die Benelux-Staaten und Frankreich besetzt wurden. Im Juni 1940 gelang Deutschland die Besetzung Dänemarks. Sowohl Otto als auch Rudi waren nun mittendrin im Kriegsgeschehen. Und Alma war heilfroh, dass sie jetzt kein Kind erwartete.

Bereits Ende Oktober wagte die kleine Helene die ersten wackeligen Schritte. Zwei Wochen danach war Friedhelm auch Fußgänger. Und von da an wurde es richtig lebendig im Haus. Die sich rapide verschlechternde Ernährungssituation in der Heimatbevölkerung führte dazu, dass sich Almas Lager schnell lehrte, aber nur wenige Lieferungen eingingen. Die Ortsbauernführer sorgten dafür, dass Ernteerträge direkt in den Höfen von den Wehrbehörden abgegriffen wurden. Allmählich begann das Geschäft mit den Agrarprodukten einzuschlafen. Dafür eröffnete sich unerwartet ein neuer Markt. Der Fuhrbetrieb Diehl bekam plötzlich öffentliche Aufträge. Der Mercedes-PKW wurde für den Transport von Behördenleitungen, Ärzten und anderen wichtigen Personen eingesetzt, denen die eigenen Fahrzeuge zur Wehrmacht eingezogen worden waren. Mit dem LKW wurden nun unterschiedlichste Transporte für Behörden durchgeführt und der Traktor sollte im Winter ein Schneeschild vorgebaut bekommen, das Alma sogar frei Betrieb von einem Wehrmachtlaster gebracht und dann im öffentlichen Auftrag von ihrem Bruder Heinrich montiert wurde. Sie stellte einige ältere vorerst nicht wehrtaugliche Männer stundenweise ein, die auf Abruf als Fahrer arbeiteten. Sie selbst fuhr den PKW, wenn er geordert wurde.

Otto als Nachschubunteroffizier und Rudi als Besatzungssoldat waren bis zum Juni 1941 relativ wenig gefährlich eingesetzt. Beide wurden aber zum Einmarsch in die Sowjetunion kommandiert und durch unerfahrene junge Männer ersetzt, die gerade erst infolge der Mobilmachungen Soldaten geworden waren. Am 22. Juni rückte die Wehrmacht überraschend in die Sowjetunion ein. Nach den ersten schnellen Erfolgen infolge der Überrumpelung schlug dann Im Winter 1941/42 die Sowjetunion mit einer Gegenoffensive zurück und der Krieg an der Ostfront radikalisierte sich zunehmend. Jeden Soldaten an der Ostfront konnte es jederzeit erwischen. Im April 1942 erhielt Johanna denn auch die die Nachricht, Rudi sei gefallen. Otto musste aus der Nähe von Frankfurt ein Spezialfahrzeug an die Ostfront überführen und bekam gelegentlich dieser weiten Reise sogar fünf Tage besonderen Heimaturlaub. Wenige Tage später kam die Nachricht, er liege mit einer schweren Schussverletzung in einem Lazarett. Beide Nachrichten belasteten die beiden Frauen sehr.

Die Überführung des Fahrzeuges war eine Fahrt in einer kleinen Kolonne von insgesamt zwölf völlig neuen Panzerspähwagen. Alle Fahrer waren Pioniere, die meisten von ihnen noch im untersten Mannschaftsrang. Neben dem kommandierenden Leutnant, der nach jeder Fahrpause auf den Beifahrersitz eines anderen Wagens stieg und damit ein gutes Verhältnis zu den jungen Männern aufbaute, war Otto der älteste und ranghöchste Soldat, also auch der Stellvertreter des Leutnants. Nach einer Woche täglicher langer Fahrten erreichten sie das angegebene Ziel, die mobile Wartungs- und Reparatureinheit, in der Otto stationiert war. Die Sowjets hatten unbemerkt mehrere kleine Durchbrüche geschafft und richteten hinter der Front böse Schäden an. Einer dieser kleinen örtlichen Überfälle galt dieser Einheit, einige Soldaten kamen ums Leben, zahlreiche wurden erheblich verletzt. Einer davon war Otto, der einen Oberschenkeldurchschuss eingefangen hatte. Es dauerte bis Ende August 1942, bis die Wunde ordentlich verheilt war. Geblieben war eine dauerhafte Beeinträchtigung zweier Muskelstränge, die ihm eine Gehbehinderung einbrachte. So wurde er pünktlich zum 1. September als „wehruntauglich versehrt" nach Hause entlassen. Johanna war mit den Zwillingen alleine, als er von einem „Kriegshelden-Rücktransport" vor dem Hoftor abgesetzt wurde. „Also ist nichts so schlecht, dass es nicht für etwas Anderes gut ist", kommentierte sie seine Mitteilung, dass er nun zu Hause bleiben könne. Almas Freude war riesengroß.

Die knapp vierjährigen Zwillinge hatten keine großen Erinnerungen an ihren Vater, vereinnahmten ihn aber in den folgenden Wochen mit großer Begeisterung. Er übte zäh den Gebrauch seines verletzten Beines. Da es ihn links erwischt hatte, versuchte er auch, wieder Auto zu fahren. Die Kupplung des PKW ging leicht genug, so konnte er bald einen Teil der Auftragsfahrten übernehmen. Mit ihm zusammen fiel es Alma nun nicht mehr so schwer, die Firma am Laufen zu halten, soweit es der Krieg zuließ. Und ihre Familie war vollständig, das hatte sie vielen anderen Frauen voraus. Dessen waren sie und Otto sich dankbar bewusst. Für Johanna war schön, sie konnte die Sorgen um ihren Sohn Herbert und Maries Ehemann Friedrich an der Front wie auch um Heinrich, der als Soldat in die Nassauer Munitionsfabrik „wehrnotwendig" abkommandiert war, mit ihnen beiden teilen. Auch das Leid um Rudis Tod ertrug sich geteilt erheblich leichter. Die letzten Kriegsjahre waren in zahlreichen Familien Jahre von Armut und Not. Wo es ihnen möglich war, versuchten Alma und Otto zu helfen, aber auch ihre Mittel waren beschränkt. Und dann kam endlich das Ende des Krieges am 8. Mai 1945. Die Zwillinge waren erst wenige Tage eingeschult, da brachten sie die frohe Kunde nach Hause. Vorerst wurde die Not noch größer, weil es nun sowohl an allen Enden an den notwendigen Nahrungsmitteln fehlte, als auch an einer Steuerung der Verteilung noch verfügbarer Waren. Aber die Erleichterung in der Bevölkerung war deutlich spürbar, wenn auch die französische Besatzung schwer lastete.

## Das Vermächtnis

Durch die Vorbereitung der Betriebserweiterung und die Abwicklung des Kaufes war die Zeit bis Mai so ausgefüllt, dass sie wie im Fluge verging. Alma hatte noch zweimal ihren Infusionsmix bekommen und bisher jedes Mal ganz gut verkraftet. Am 11. Mai war die nächste Medikamentengabe fällig. Bereits beim letzten Mal hatte die Oberärztin gewarnt, jede Infusion berge inzwischen die Gefahr eines Zusammenbruchs ihres Immunsystems. Dann könne binnen weniger Stunden eine Blutvergiftung eintreten. Ein schneller Tod sei dann unausweichlich. Genau dieser Effekt trat nun in der Woche nach der Maitransfusion ein. Am Freitag, 15. Mai verstarb Alma nach einem mehrstündigen Koma, sechs Tage vor ihrem achtzigsten Geburtstag. Ihre Schwiegertochter Hermine war sehr früh am Morgen vor ihrer Fahrt zum Unterricht zu ihr gekommen und konnte bis zu ihrem Absturz ins Koma bei ihr bleiben. Dankbar wusste sie allen zu berichten: Oma Alma war ganz ruhig und zufrieden eingeschlafen, sichtlich ausgesöhnt mit ihrem kommenden Ende.

Bei der Größe der Familie und der Vielzahl an Geschäftspartnern versammelte sich zur Trauerfeier auf dem Dorffriedhof eine große Menschenmenge. Die einfache Lautsprecheranlage, die bei kleinen Beerdigungen fast nie benutzt wurde, tat gute

Dienste, denn selbst mit der kräftigen Stimme des jungen Pfarrers Gottfried Stein wären bei Weitem nicht alle Teilnehmer erreicht worden. Stein hatte sich von Almas Kindern nicht nur über ihr bewegtes und kraftvolles Leben berichten lassen, sondern auch vernommen, dass ihr für ihre letzten Lebensmonate noch einmal eine schöne und entspannte Zeit vergönnt gewesen war. Sie hatte sich schon länger einen Wunsch-Predigttext für ihre Beerdigung gesucht. „Barmherzig und gnädig ist der Herr, geduldig und von großer Güte.", aus dem Psalm 103 der achte Vers. Es fiel dem jungen Pfarrer nicht schwer, ihren Dank für ihre Kindheit und Jugend, für die Bewahrung in der Reichspogromnacht, für ihre große Familie und für alle die Jahre, die ihr nach ihrem Berufsleben noch geschenkt worden waren, überzeugend zu beschreiben. Er musste schließlich nur mit einstimmen in diesen Dank, und alles Wichtige war gesagt. Wie in den Dörfern üblich, wurden dann die Beerdigungsgäste zu Kaffee und einfachem Kuchen in den großen Saal des Gemeindehauses geladen. Es wurde eine Feier mit verhaltener Trauer aber auch mit einiger Fröhlichkeit der Rückschau auf Almas reiches Erleben.

Im alten leinengebundenen Stammbuch der Familie Diehl, das er zur Ausstellung der Sterbeurkunde in Koblenz hatte vorlegen müssen, hatte Friedhelm zwei eingeklebte Notizzettel vorgefunden, mit denen er sich nach der Beerdigung genauer befassen wollte. Auf dem sichtlich älteren stand mit der schönen Schrift seiner Mutter die Mitteilung. „Testament in der mittleren Schublade des alten Schreibtisches." Er hatte schon kurz danach geschaut und wollte den Umschlag mit der Aufschrift „Testament der Alma Diehl geb. Meyer" in den nächsten Tagen zum Nachlassgericht in Lahnstein bringen, um es eröffnen und rechtskräftig werden zu lassen. Gespannt war er nun aber auf die Erledigung des Auftrages auf dem anderen Zettel: „Friedhelm soll von unten das Geheimfach hinter der rechten Schublade des alten Schreibtisches öffnen. Der Inhalt ist vorerst nur für ihn!" Das verschob er aber erst einmal, denn der Betrieb verlangte einstweilen seinen vollen Einsatz. Die Erweiterung benötigte doch noch einigen Arbeitsaufwand von ihm, Hermine und Rolf. So dauerte es einige Tage, bis das Testament im Lahnsteiner Amtsgericht offiziell eröffnet und allen Erbberechtigten in Kopie zur Kenntnis geschickt wurde.

Nach diesem Dokument bestimmte Alma zum Ersten, dass alle Einrichtungsgegenstände ihrer Stube in Einigkeit unter den Familien ihrer drei Kinder aufgeteilt werden sollten. Zum Zweiten erfuhren ihre Erben, dass sie zwei Depotkonten bei der

Schweizerischen Vereinsbank besessen hatte. „Das Guthaben des Depotkontos mit der Kennziffer 01 wird dem Stammkapital der ‚Spedition Diehl vormals Morgenthal GmbH' zugeschlagen. Der Bestand des Depotkontos mit der Kennziffer 02 wird zu gleichen Teilen auf meine Urenkel verteilt, deren Eltern den jeweiligen Betrag auf Sparkonten einzuzahlen haben, die bis zum jeweiligen achtzehnten Geburtstag gesperrt bleiben und dann erst den Eigentümern zuganglich zu machen sind.

Als Testamentsvollstrecker mit der Abwicklung zu beauftragen ist der Notar Dr. Martin Hoffmann, Nassau. Bei ihm sind alle Kontounterlagen." In einem Begleitschreiben Almas erfuhren sie, dass es sich um das gesamte Kapital der Familie Morgenthal handle, das nach einer Verfügungsklausel zehn Jahre nach Einzahlung Frau Alma Diehl zu überschreiben sei, falls sich innerhalb dieser Frist weder Adel oder Ruth Morgenthal noch Esther oder David Bernstein als verfügungsberechtigte Person ausgewiesen habe. Adel hatte mit allem gerechnet.

Diese Überschreibung habe 1947 stattgefunden. Ein kleiner Teil des Guthabens habe den Betrieb neu entstehen helfen, der größte Teil aber sei bis heute in den genannten schweizer Depots. Die angeordnete Stammkapitalaufstockung betrug 80.000 DM. Für jeden Urenkel wurden knapp 16.000 DM auf

Sperrkonten angelegt, wobei es sechzehn Anteile geben musste, denn Sabine in Aurich war nach langer Pause wieder schwanger. Und der aktuelle Stand der Dinge sollte natürlich zugrunde liegen.

## Nachkriegszeit 2

Am Pfingstwochenende, knapp drei Wochen nach der Kapitulation, eröffnete Alma ihrem Mann, dass sie vermute, sie sei nun doch noch einmal schwanger geworden. Da sich vorerst für Alwine noch keine Nachfolgerin gefunden hatte, war die weiterhin eifrig als Hebamme tätig. Alma oder Otto hatten sie immer einmal wieder zu den jungen Frauen der Umgegend hingefahren, ihre Vertrautheit war seit dem Pogrom im Geschäftshaus eher noch gewachsen. So musste sie nun sofort um Bestätigung gebeten werden, dass Alma richtig vermutet hatte. Sie hatte. Johanna hatte sich mit ihren 63 Lebensjahren, deren viele sehr schwer gewesen waren, in ihr derzeit unbewohntes Häuschen zurückziehen wollen. Als sie aber erfuhr, dass im Haus ein weiteres Enkelkind im Anmarsch sei, bot sie sofort an, zu bleiben, „wenn ihr mich weiter ertragen könnt." Alma nahm sie in die Arme. „Mutter, was hätte ich ohne dich gemacht. Wenn du bleiben kannst, sind wir nur dankbar." So war das geklärt. Heinrich hatte wenige Tage nach Kriegsende seine Werkstatt in Katzenelnbogen wiedereröffnet. Es gab in den Dörfern mehr Fahrzeuge, als er vermutet hatte, viele Frauen hatten das Ihre vor dem Zugriff der Wehrmacht erfolgreich verstecken können. Nun mussten die alle wieder zum Laufen gebracht werden. Von Herbert hatte seine Familie schon länger nichts mehr gehört. Er hatte als Funker oft mit nur zwei Kameraden auf vorgeschobenen Posten gesessen und Frontberichte zum Stab gegeben. Einmal riss die Verbindung, seither galt er als vermisst. Maries Ehemann war zwar in französischer Gefangenschaft gelandet, aber in einem überfüllten Lager bei Trier, von wo aus er sich hatte mit einem Brief melden können. Irgendwie kam dieses Johanna sehr bekannt vor, nur dass dieser ihr Schwiegersohn viel schneller nach Hause kam, als damals ihr Jakob. Friedrich wurde schon Ende Juli entlassen. Das Lager war einfach zu voll und wurde kurzerhand aufgelöst.

Inzwischen kamen auch über die Grenzen der französisch besetzten Zone die ersten Vertriebenen aus den ehemals deutschen Ostgebieten. Die Bürgermeister wurden nach belegbarem Wohnraum gefragt und boten natürlich zuerst leer Stehendes an. So wurde eine Mutter mit vier Kindern in Johannas Haus einquartiert, und in Almas Anwesen bekam eine Mutter mit drei Kindern die Knechtwohnung zugewiesen, die beiden alten Eltern dieser Frau das ehemalige Magdzimmer. Alma war froh, dass gerade bei den älteren Leuten fließendes Wasser bereits verfügbar war und mit einfachen Mitteln auch die Wohnung über den früheren Pferdeställen einen Wasserhahn angeschlossen bekommen konnte. So musste das Wasser nicht wie zu ihren Schabbes-Gojim-Zeiten vom Brunnen geholt werden, der inzwischen einen schweren Deckel erhalten hatte, zur Sicherheit der Zwillinge. Die Amerikaner auf der anderen Seite der Besatzungszonengrenze merkten bald, dass man ganz gut „Flüchtlinge" weiter nach Westen in die Verantwortung der Franzosen schicken konnte. Für die Vertriebenen war es letztlich gleich, wohin man sie wies, für sie selbst und die vorhandene Bevölkerung immer eine Last. Die Enge, die oft dadurch in den Häusern entstand, verursachte viele Streitigkeiten. Da waren Diehls froh, dass ihre Zuwanderer eigene Wohnungszugänge haben konnten. So war auch recht schnell nach deren Einzug zwischen den Zwillingen und den drei Flüchtlingskindern alle Fremdheit geschwunden, zumal die beiden älteren sofort mit zur Schule gingen. Und auch zwischen den Erwachsenen gab es einen respektvollen Umgang.

Am 8. März 1946 kam Albert zur Welt. Er war der Stolz der Zwillinge. Als die Taufgesellschaft am Ostermontag, 22. April, sich in Ernst Diehls Mühlengaststätte zum Mittagessen traf, kam plötzlich Herberts Frau, die bisher gefehlt hatte, mit ihrem „Kommissbrot", einem kleinen Hanomag-Auto, den Talweg herunter gefahren. Herbert saß daneben, ausgezehrt und grauhaarig, aber sonst wohlbehalten. Die beiden Kinder saßen in dem schmalen Raum hinter den Sitzen. Johannas Freude war so groß, dass sie fast ohnmächtig geworden wäre. So wurde dieser Ostermontag zu einem Festtag mit ganz unterschiedlichen Anlässen. Die ganze verzweigte Familie betrachtete diese Ostertage als einen Neuanfang. Die Verlorenen kamen nicht wieder, die Verschollenen waren alle wieder da, und der kleine Täufling ein Symbol für die Hoffnung auf eine bessere Zukunft.

Der Doppelzweck des Unternehmens der Familie Diehl hatte sich inzwischen erledigt. Die Sparte Landhandel hatten sich nach dem Krieg die Landwirte selbst in den ortsgebundenen Raiffeisen-Warengenossenschaften erfolgreich eingerichtet. Da die kleinen Mühlen allmählich unrentabel wurden, suchten sich die Müller andere Aufgaben, einer von ihnen im oberen Mühlbachtal baute beispielsweise ein großes Getreidesilo und belieferte einen zentralen rentablen Mühlenbetrieb außerhalb der Region. Auch die mit dem Fuhrbetrieb zu transportierenden Mengen wurden immer größer und die Fahrwege merklich weiter. Die Folge war ein notwendiger Strukturwandel der Firma. Kurz vor der Gründung des Landes Rheinland-Pfalz wurde der bisherige Eigentümerbetrieb in die „Spedition Diehl vormals Morgenthal GmbH" umgewandelt. Das meiste

Stammkapital kam aus der Schweiz. Alma wollte in jedem Fall den Namen ihrer Vorgänger im Firmennamen verewigt wissen, als ein Zeichen ihrer Dankbarkeit und ihrer kummervollen Erinnerungen. Drei Lastwagen mit Planen und Drehschemel-Anhängern bildeten den Kern. Ein kleiner LKW für Nahtransporte, der alte Traktor mit der Schneeschaufel und ein Mietwagen vervollständigten vorerst den Fuhrpark. Wachstum war erwünscht.

## Das Geheimnis

Friedhelm war sich dessen bewusst, dass sich im Geheimfach des Schreibtisches noch ein weiteres Vermächtnis seiner verstorbenen Mutter finden werde. Als die testamentarischen Verfügungen in Gang gesetzt worden waren, organisierte er mit Irmgard eine ruhige Abendstunde, damit er endlich unter den alten schönen Kirschholzschreibtisch aus dem Nachlass Adel Morgenthals kriechen und an der angegebenen Stelle den Zugang zum Geheimfach finden konnte. Zu sehen war weiter nichts. Also untersuchte er mit vorsichtiger Hand die hintere Kante. Plötzlich gab eine Zierleiste nach und ließ sich mit einem Teil der Grundplatte verschieben. Und da lag er dann, der schlichte Umschlag mit der Aufschrift. „Für meinen Sohn Friedhelm".

Vorsichtig verschloss er das Geheimfach wieder. Er wollte das Schreiben Almas nicht alleine lesen. Mit Irmgard hatte er immer alles gemeinsam erlebt, ob erschüttert, ob beglückt. So wollte er auch dieses Erlebnis mit ihr teilen. Er ging also zu ihr ins Wohnzimmer hinüber, setzte sich neben sie auf das gemütliche Sofa und öffnete vorsichtig den gefundenen Brief. Eng an Irmgard gelehnt begann er vorzulesen:

„Mein lieber Junge, die Nacht am Ende des Tages Eurer Geburten werde ich niemals vergessen können, die Erinnerung ist eingebrannt in mein Gemüt. Man spricht heute in der Rückschau auf das Dritte Reich von dieser Nacht als der Reichspogromnacht, früher häufiger von der Reichskristallnacht. Wenn ich mir die grausigen Scherben unserer damaligen liebevollen Hausgemeinschaft vergegenwärtige, ist es in meiner Erinnerung unsere Dorfkristallnacht.

Die schrecklichsten Augenblicke meines Lebens für mich begannen, als meine liebe Esther fast unbekleidet von ihrem Kind weggerissen und an mir vorbeigeschleift wurde. Ihr letztes Flüstern „Bewahre unsere Kinder!" ist mir zur allerwichtigsten Verpflichtung meines Lebens geworden. Und alles blieb gleichermaßen fürchterlich, denn meine Mutter musste mir, als ich Euch alle drei stillen wollte, auch noch den Tod eines unserer Säuglinge mitteilen.

Das Entsetzen ließ dann allmählich nach, als Ihr beide, Helene und Du, sichtlich kaum beeindruckt von dem ganzen grässlichen Geschehen friedlich an meiner Brust lagt und Euch mit der Milch, die ich Gott sei Dank im Überfluss verfügbar hatte, die Bäuchlein vollgeschlagen habt. Damit habt Ihr mich aus dem Tal des Grauens herausgeholt. So verdanke ich der Kraft meines Körpers nicht nur meinen Mann sondern auch die Gesundheit meiner Kinder.

Oma und Alwine wussten nicht, und wollten es auch wohl gar nicht wissen, wessen Söhnchen Alwine nicht hatte retten können. Ihr habt Euch beide so erstaunlich ähnlich gesehen, schwarze Haare, braune Augen, schmales Köpfchen. Als sie mir Helene und Dich zum ersten Stillen nach dem Überfall der SA-Schergen gebracht hatten und ich Euch angelegt hatte, wusste ich es aber sofort. Den kleinen Jungen, der gestorben war, hatte ich geboren. Du saugtest völlig anders, Du bist Esthers und Davids Sohn.

Einen Augenblick lang zerschnitt mir diese Erkenntnis fast das Herz, aber dann war plötzlich dieses starke Gefühl da, er ist unser Kind, weil wir alle das so wollen. Und weil mein gesunder Leib Schwangerschaft und Geburt unbeirrt fortsetzt und ihn ebenso ernährt wie Helene. Außer Eurem Vater hat niemand bisher erfahren, wer Deine biologischen Eltern waren. Da es keine Adoptionsurkunden gibt, haben wir auch Dich vor Ablauf einer rechtlichen Frist von dreißig Jahren, nach der niemand mehr Einspruch einlegen konnte, nichts wissen lassen. Und dann war es auch egal.

Du solltest es nun doch irgendwann erfahren, aber nicht vor meinem Tod. Und nun entscheide Du mit Irmgard zusammen, ob Ihr es Euren Kindern sagen wollt oder nicht. Wenn nicht, verbrenne dieses Schreiben sofort. Unsere Familie kann das Wissen über diesen Teil der Familiengeschichte aber sicher nicht zerstören. Ich lege Eure Zukunft voller Vertrauen in Gottes Hand.

In Liebe, Deine, Eure alte Mutter."

Bevor Friedhelm und Irmgard nach langem geneinsamem Nachdenken zu Bett gingen, nahm er den Brief, zerknüllte ihn und zündete ihn im kalten Kamin mit seinem Feuerzeug an. Nichts blieb davon außer einem kleinen Häuflein Asche.